Les derniers jours de la classe ouvrière

Aurélie Filippetti

Les derniers jours de la classe ouvrière

roman

Stock

Les vers reproduits en page 81 sont extraits du poème de Louis Aragon « La rose et le réséda », paru dans *La Diane française* (© Seghers, 1946).

L'auteur tient à remercier Florence Aubenas et Alain Auffray.

À Clara

À mon père

La défaite

Il était dix-huit heures dans l'automne finissant, entre chiens et loups une lumière brune jaillissait des hêtres de la forêt d'Hettange. Une voiture blanche escaladait la côte Saint-Michel en direction du nord. Arrivée au sommet, elle déboucha sur un plateau aux corbeaux où une ferme isolée disparaissait dans le jaunâtre des champs. La vue dégagée, et au fond, de nouveau, la forêt, presque grise. Le soleil de toute éternité désertait la région. On s'imaginait au temps des invasions, lorsque la Lorraine, proie facile, toujours exposée, était balayée par des hordes septentrionales. Metz la raffinée, l'Italienne, était loin, avec sa cathédrale toute de vitraux et d'envol et ses génoises ciselées dans la pierre de Jaumont.

Ainsi, c'était cela, cela se sentait, cela transpirait par toute la matité du paysage : la frontière du Pays-Haut. Les confins. On pénétrait l'ailleurs, et que l'on arrive de la ville, Thionville,

Longwy pas si lointaines, des vallées ferrifères de la Fensch ou de l'Orne, ou des bois et châteaux du Luxembourg, de Belgique ou d'Allemagne, il y avait ici une odeur de nulle part qui ne s'y trompait pas.

La petite voiture blanche dépassa le village d'Angevillers, s'engagea sur un rond-point. Au-dessus flottaient des wagonnets vides. Le câble qui les soutenait franchissait la route puis s'arrêtait, arche abandonnée entre ses deux piliers métalliques, pont improbable et inutile.

Plus loin, autre village. Dans les villes-rues, les charges de cavalerie étaient ralenties par deux virages à angle droit. Les maisons étroites, divisées en trois, pour les hommes, pour les bêtes, pour le foin. Les fenêtres étirées. Personne dans les rues. Le Texas français redevenu désert.

La voiture prit à droite et s'élança sur le plateau. Pas de colza à cette époque. Des champs bruns, et le ciel bleu d'encre où explosaient les nuages en impacts de balles. La route était sinueuse, les phares aveuglants. Dans la ligne droite, elle accéléra. Tout au bout, une ferme, ancienne, et juste avant le mur d'enceinte, en pierre brute mêlée d'une terre rouge, un mauvais virage. Dans les briques, une niche jonchée de fleurs.

La petite voiture blanche, emportée par sa vitesse, heurta le mur, se tassa sur elle-même jusqu'à ne plus former qu'un amas compact de ferraille, et s'enflamma.

Mater dolorosa

Elle criait et son cri résonnait dans le silence de la petite ville luxembourgeoise. Angelo. Derrière le cortège et le cheval qui tirait le cercueil, infime cercueil blanc, cercueil de l'ange. Angelo. Une jeune femme en pleurs, enveloppée de noir, s'avançait au milieu de deux hommes, grands gaillards hiératiques – les épaules forgées par la mine, et avant les champs, là-bas, en Italie. Angelo. Ce cri, c'était la deuxième fois qu'il déchirait ainsi la ville, la deuxième fois qu'il sautait à la gorge de ceux qui, silencieux, lentement, procédaient. Son premier enfant était mort, douze ans auparavant, premier ange, primo angelo. Plus jeune encore, plus petit gamin tout droit passé du berceau à la tombe. Elle toujours debout. 1923, 1935. Angelo.

Cinquante-sept ans plus tard. Ce n'est plus la même ville, mais à trois kilomètres de là, de l'autre côté de la frontière. France, terre d'asile. Droits de l'homme et intégration. Les cités sont en deuil, les boutiques ont fermé leurs portes, baissé leurs grilles. La ville défile. Le maire est mort. Il y a deux mille personnes dans la rue pour ce qu'ils appellent le dernier hommage. Aucune croix sur le cercueil de chêne, cela semble une évidence, juste le drapeau tricolore. Flottent au-dessus de la foule quelques étendards d'apparat, brocarts, dorures, velours et acronymes illustres. Parti communiste français, fédération de Moselle, CGT des mines de fer de Lorraine, Amicale franco-italienne, Fédération nationale des anciens combattants d'Algérie, Fédération des enfants de déportés, beaucoup de tricolores, du bleu, un peu de vert, beaucoup de rouge. Gilbert Mattioli, Salvatore Bellucci, François Ferrari, portent le cercueil avec Armand Giovanelli, René De Matteis, Angelo Paracchini. Jean Corradi prononce le discours au nom des camarades de la section CGT des mines de fer. Angel, tous les combats pour les mines et la sidérurgie, travaillé au fond dès l'âge de quatorze ans, comme apprenti, puis foreur, enfin délégué mineur. Fêté ensemble sa médaille des trente ans de mine. Raymond Gatti pour le Parti communiste. Conseiller général de la Moselle de 79 à 84, maire d'Audun à partir de 1984, toujours milité à la CGT et au Parti communiste. Même sa maladie, cancer du poumon, 1984, pas ôté l'envie de se battre pour ses camarades. Elvio Formica pour les élus communistes du conseil municipal. Tu nous manques déjà, Angel. Raymond Marchesin pour les élus socialistes du conseil municipal. Trente ans à nous battre côte à côte, sans partager bien sûr toutes nos idées, mais quelle loyauté, et amitié. Lui était mineur, moi sidérurgiste, c'était déjà une première rivalité. Angel est devenu maire et moi deuxième adjoint, nous avons travaillé pour vous, pour notre commune et pour que vive la Lorraine. Lorenzo Pinacoli, maire de Gualdo Tadino pour les immigrés italiens. C'est le dernier à parler, et lui parle en italien. Il a mille deux cents kilomètres de voiture derrière lui. Il n'y a pas d'interprète. Ceux qui ne parlent pas la langue le comprennent. Angelo. Angel Angelo, tes deux prénoms, lisse et propret, invisible, ou chantant coloré.

Et le cri cette fois retentit d'outre-tombe. La mère, une troisième fois, appelle le tout dernier, le benjamin préféré, son ultime Angelino. Vieni, Angelo, ti aspetto, adesso, con i tuoi fratelli, vieni.

Et lui avait suivi la voix, avait rejoint sa mère.

Lothringen

Après la mort de son fils, un nouvel enfant, tout de suite. Une fille, c'est une fille. Anita, pour son père la Parigina, la coquette, aux petites robes gris et bleu cousues par sa mère. Elle a peur du noir. Dans ses cauchemars, il y a un homme en gris. Parfois dehors aussi. Dans la cour de l'école, l'homme en gris. Dans la foule au marché, il est encore là. Elle pleure, court se réfugier dans le dos de sa mère. Là-bas, regarde, mais il n'y a personne. L'Italie a envahi l'Éthiopie. L'homme en gris la regarde le soir derrière la fenêtre de la cité, il lui souffle parfois dans la nuque, Anita, elle sursaute. Che succede ? Les armées du Duce s'enlisent dans le désert. Ne respirez pas près de mon nez, ne me donnez pas vos microbes. Je ne veux pas être malade. Mais il n'y a personne, calme-toi. Je ne veux pas aller dans le jardin, il est là.

Elle aura un petit frère. Le dernier des Angelo. Encore un garçon, enfin, le dernier des six, quatre garçons, deux filles, deux morts. La plus grande vit avec sa grand-mère, de l'autre côté de la frontière, au Luxembourg. Alors lui, oui, Angelo, né en 1938, au nord de la Lorraine. Audun, frontière luxembourgeoise. Le chouchou de sa mère, le préféré, le plus fragile et le plus casse-cou... Celui-là, non, ils ne le lui prendront pas. Cet ange-là restera sur terre et il vengera ses frères. La guerre éclate. Le père, Tommaso, a déjà fui Mussolini, maintenant il lui faut se coltiner l'Allemagne, tout près. Très vite, une nouvelle fois, les de nouveau Boches passent la frontière. Ils connaissent le chemin, ils ont construit les routes. L'Allemagne, encore une fois, annexe la Moselle. Il n'est même plus question de guerre, c'est une reconquête. Un vieux couple qui s'arrache les draps conjugaux. La frontière se déplace de quelques kilomètres à peine. Toute proche. Entre Audun et Villerupt, soudées l'une à l'autre par l'usine, par Micheville, repasse le trait mystérieux du Reich. D'un côté l'annexion, de l'autre l'occupation. En 70, 1870, de Wendel avait fait pression pour que Briey reste en France, en échange de quelques mines plus au nord. Cette fois, ils prendront tout, l'acier, la fonte, le minerai, les rails. Et les Français qui partent, l'exode, dans la Vienne. L'épouse, Guglielma, d'abord s'en va avec les petits, alors que les hommes restent. Italiens, pourquoi la France leur offrirait-elle abri ? Il y a le travail, la mine, et au fond, bientôt, à côté des mineurs, les prisonniers de guerre russes, soviétiques, esclaves du Reich. Ils ne sortent presque pas des galeries, comme les vieux chevaux du temps d'avant. Ils ont les pieds liés, comme s'il y avait quelque part où s'enfuir. Les mineurs, les autres, ceux qui sont là parce que c'est là qu'ils doivent vendre leur vie, leur passent parfois de quoi manger. Ils écrivent sur les parois, dessinent aussi.

Audun-le-Tiche redevient Deutsch-Oth, la Saxonne, comme elle l'avait été pendant plus de quarante ans. 1871-1919. Pour ceux qui après Sedan avaient choisi de rester, de ne pas repasser la frontière pour conserver leur nationalité, ç'avait été l'école du Kaiser. Les prénoms germanisés : Guglielma, de nationalité italienne, au grand-duché de Luxembourg, s'appelait officiellement Wilhelmine pour l'administration allemande, francisée en Guillaumine à la fin de la Première Guerre mondiale, redevenir Wilhelmine en 1940, puis Guillaumette après la guerre, transmis aux descendantes.

Le fils n'avait pas besoin d'autres noms pour porter son passé jusqu'à la tombe. Angelo, devenu Angel par recours devant l'administration, parce qu'il fallait être français jusqu'au bout. Angelo, trois syllabes, son prénom, celui de ses deux frères morts avant la guerre.

La manif

Hier, ils s'étaient retrouvés devant la préfecture. Hier et tant d'autres fois auparavant. Les camarades avaient apporté des camions chargés de minerai. Posé en plein centre-ville un énorme bloc de quelques centaines de tonnes. Inamovible. Les flics, obligés de le découper au marteau-piqueur. Faut plaindre les gens qui font ça. Maintenant, dans tous les journaux, la photo du bloc, jaune, énorme. En sortant du lycée, la jeunesse tranquille de la métropole régionale soudain nez à nez avec les autres, ceux du Pays-Haut, loin, inconnus, barbares, ignorés. Jamais mis les pieds dans le nord de la région. Un jour une journaliste, partie enquêter sur une ancienne cité minière ressuscitée lors d'une représentation théâtrale, là-bas au Pays-Haut, pendant le festival de cinéma italien de Villerupt. Sur la scène, les fils et filles d'ouvriers tremblaient de fierté et d'orgueil. Ils parlaient haut comme de vrais Ritals devant ce parterre familier, parlaient de leur histoire, de leur mémoire, persuadés qu'on allait les entendre, que tout cela ne s'écoulerait pas, eau vaine, dans les rigoles de l'Histoire. Au nom de tous les morts. L'Histoire ne retiendrait plus le nom des seuls maréchaux aux mains rouges, le nom des seuls propriétaires aux généalogies crasses. L'Histoire, ce serait toutes leurs vies à eux aussi, et celles de leurs pères, venus d'Italie, de Pologne, et d'ailleurs, jetés en une seule et même offrande aux monstres de la terre, aux gardiens des Enfers. Eux aussi avaient donné leur sang pour leur pays, la France, pour un combat, l'acier. Et encore, les guerres durant, avaient-ils fait leur devoir aussi bien que tant d'autres, souvent en première ligne, sur ces frontières fragiles. Les hommes du fer avaient faim d'une histoire, la leur. Souvenirs de la vie des mineurs et des sidérurgistes du temps jadis, les bals du samedi soir et les lundis matin d'angoisse, comment savoir si cette semaine ne sera pas la dernière, et l'on dit au revoir à sa femme le cœur ferme. Mais la jeune journaliste n'est jamais arrivée sur les lieux du reportage. Y a que les corbeaux au bord de la route qui sauront comment ça s'est passé. Un accident terrible, toujours au même endroit, un virage dangereux, d'habitude ne tue que les autochtones. Tout de même, quel dommage, bien sûr pour la dame, mais aussi, pour une fois qu'on parlait d'eux autrement que pour des licenciements et des manifs. La Lorraine vivra. Le spectacle était en plein air, toute la ville tournée vers sa mémoire ouvrière, vers son passé minier, sidérurgique, son passé d'acier. Croire dur comme fer au fer qui va durer. Une représentation qui se donne au cœur d'une ancienne mine à ciel ouvert, avec un chevalement authentique côté jardin, et la falaise côté cour. Non, rien, décidément, cette région-là destinée à s'éteindre en silence, achevée d'un coup de massue, sourd, pouf, un éboulis misérable.

La bénédiction

L'ascenseur venait de refermer ses portes sur la quarantaine de personnes aux visages légèrement crispés. Le chef de la police allemande grogna qu'il n'aimait pas l'obscurité, qu'il était claustrophobe. Lorsqu'il entendit les sonorités gutturales, le jeune apprenti transformé en liftier frémit. Que venait faire ici, au fond, la Gestapo ?

Ils descendirent au fond de la mine d'Audun-le-Tiche, au matin du 3 février 1944. Le chef du roulage avait prévenu le jeune garçon la veille, de se tenir prêt à huit heures tapantes, à l'entrée d'une des galeries, pour une visite des officiels. Il avait finalement attendu en haut, au jour, devant l'ascenseur.

Accompagnés par le directeur de la mine, deux soldats allemands, et deux hommes en civil, se firent guider à travers les galeries par l'apprenti de quinze ans qui conduisait le petit convoi de wagonnets de minerai et l'unique wagonnet permettant le transport des visiteurs. Le directeur ordonna de s'arrêter devant les différents magasins, où était stocké le matériel nécessaire aux hommes partis creuser plus avant. Dans chaque quartier, dans chaque galerie aux surnoms féminins, la Brune, la Noire et la Blonde, le petit groupe abandonnait un instant la loco pour aller chercher quelques mineurs, à qui les mains étaient liées par une corde. Ils étaient laissés sous surveillance devant chaque magasin, et ce n'est qu'à la fin du ramassage qu'ils furent tous regroupés devant le magasin principal, à l'entrée de la galerie dite de l'hôpital. À chaque étape, aucun témoin, personne ne pouvant se douter de quoi que ce soit puisque les deux hommes en civil restaient à l'écart, pendant que le directeur allait en personne chercher les suspects. Ce n'est qu'au moment du dernier départ que le jeune garçon comprit qu'il s'agissait d'une rafle.

On leur ordonna de placer leurs mains sur les épaules de celui qui les précédait, on leur arracha leurs casques, et la petite colonie furtivement se fondit dans la nuit du fond.

Ils descendirent au fond de la mine, avec la bénédiction de ceux qui la dirigeaient. Ils descendirent au fond les chercher. Cette phrase, incessamment répétée au fil des années, comme si elle ajoutait encore à l'horreur de l'arrestation, de la torture, de la mort, celle de l'humiliation de n'avoir pu se laver, se préparer, dire adieu aux siens, ou plutôt l'humiliation d'être pris, là, rat dans une souricière, animal dans un piège, un trou, noir, sous la terre, où l'on peut se débattre, courir, s'affoler, perdre le souffle, mais où sans rémission toutes les issues sont bouchées, bien gardées, rien à faire. Et puis, le directeur de la mine lui-même, en guise de cerbère. L'histoire retiendra : les de Wendel faisant tourner leurs hauts fourneaux à plein régime pour les canons du Reich, les patrons de la Société des Mines Terres-rouges complices des arrestations.

Descendus au fond de la mine avec la bénédiction des patrons.

Ils ramenèrent de cette pêche souterraine des proies humaines, chaudes et vivantes. Quatorze mineurs pris sur leur lieu de travail, au fond de la mine noire, et à qui ne fut pas même permis de se laver le visage. Noirs ils demeurèrent jusqu'à leur arrivée dans les cellules de la gendarmerie, où ils furent enfermés.

Dans les années trente, ceux-là qui déjà fuyaient Mussolini avaient mis sur pied une section locale de la Société des droits de l'homme. Pendant toute la guerre, ils distribuaient des tracts, faisaient passer des informations de part et d'autre de la frontière. Militants communistes aussi pour nombre d'entre eux. À présent ils étaient là, sales, recouverts de la poussière brune qui leur collait les paupières, la poussière du fer. Les mains liées par des cordes, les yeux bandés, la peau ruisselante de sueur et de crasse.

Elle dut courir pour aller chercher son mari, lui porter à manger, et laissant les enfants à une voisine, elle dévala la rue abrupte qui les séparait encore. Elle parlait allemand, parfaitement. Comme toutes les filles de famille d'immigrés, née au Luxembourg en 1902, sans être allée à l'école bien longtemps, elle connaissait l'italien, l'allemand, le luxembourgeois. Elle apprit le français plus tard, lorsqu'elle vint vivre de l'autre côté de la frontière avec son mari, après la Première Guerre mondiale et le retour de la Moselle à la France.

Elle dévala la pente pour le voir, lui, Tommaso, et ses deux frères, à peine la rumeur répandue qu'on les avait donnés. Mais malgré les supplications en allemand, rien à faire, elle ne lui dit pas au revoir.

Ils les avaient cherchés longtemps dans les galeries souterraines : au fond du trou, les hommes se sentaient presque libres, quand là-haut, à la lumière, c'était la guerre. Ils croisaient les prisonniers russes réduits en esclavage. Enchaînés aux galeries souterraines. Lorsque l'un d'eux tombait d'épuisement, il était facile aux SS de l'emmener à quelques kilomètres de là, dans ce petit camp de concentration situé en territoire français, où le four crématoire marchait comme ailleurs. Thil.

Dans la clandestinité; eux qui avaient fui l'Italie ne pouvaient prendre le chemin de l'exode avec les autres.

Exilés d'une patrie absente, ils ne pouvaient abandonner cette terre sans drapeau et sans langue à force d'en changer, cette terre de conquête aux frontières si mouvantes qu'elles en disparaissaient, cette terre que l'on violait comme une femme à chaque soubresaut de l'Histoire, pour qui l'on se battait comme pour un amour déshonoré. Ils restèrent en Lorraine et moururent.

D'abord le noir de la mine. Et au détour d'une galerie, soudain, derrière le halo de la lampe frontale du voisin, le visage pâle d'un gestapiste. Que fut cette remontée au jour, la dernière, sinon la première marche de l'enfer. Ils virent d'abord le point blanc de la lumière, infime, inespéré comme une trace de pas dans un désert obscur, grandir peu à peu – mais c'est toujours la nuit, toujours la peur –, puis s'élargir brutalement, grand rideau qui se déchire, le retour chez les vivants. La fin du règne des ombres. Souvent ils avaient retrouvé le jour avec le soulagement du travail achevé, derrière soi, et de s'en être sortis. Mais cette fois c'était la fin. Ce n'était pas l'ambulance qui les attendait toutes sirènes hurlantes, comme pour les camarades prisonniers d'un éboulement ou d'une descente de galerie. Alors les femmes tremblaient, sur la place du marché toute proche, de savoir où, devant quelle porte, elle s'arrêterait. Lorsqu'elle passait outre celle où l'on vivait, ce n'était même pas un soupir de soulagement qui s'échappait, car la douleur pour les autres, frappés ce jour-là, se fondait avec la probabilité de l'être le lendemain.

Ce jour de février 1944, une fourgonnette les attendait sur le carreau, garée là avec la complicité assidue des maîtres des forges. La scrupuleuse Gestapo avait demandé l'autorisation aux patrons de la mine, pour pouvoir descendre, et arracher aux entrailles de la terre ceux qu'elle convoyait vers l'enfer. Parmi eux, Tommaso et deux de ses frères.

« Ils sont descendus les chercher au fond de la mine... avec l'autorisation des patrons. »

Menottes aux mains sales, on les force à pénétrer dans la gendarmerie par la fenêtre de l'arrière-cour, afin qu'il n'y ait pas d'émeute. Les quatorze mineurs, noirs encore, resteront là plusieurs jours, avant leur transfert pour le fort de Queuleu, près de Metz. Tout cela est désormais redevenu territoire allemand. Pour le transfert, on leur bande de nouveau les yeux, on leur lie les mains, et, à leur arrivée, on les déshabille. Nus, ils doivent de nouveau placer leurs mains sur les épaules du voisin, et se mettre en marche. On les oriente vers les escaliers afin que le premier qui s'y engage s'écroule et que les autres roulent sur lui au bas des marches. Les soldats allemands rient. En bas ils lâchent des chiens sur les hommes et rient encore.

Les femmes apportent des colis, au fort, cinquante-cinq kilomètres, sans voiture. Comment a-t-elle fait, y est allée, avec du linge, de la nourriture, elle l'a vu ? Ils se sont écrit en tout cas, correspondance dérisoire. Ont-ils parlé de la torture – chaque fois, les enfants chez une voisine, et le voyage. Non, pas chez une voisine, chez l'une des seules voisines à lui rester fidèles. Sassetti. Les autres ont trop peur d'être soupçonnées. Malgré tout parfois elle découvre au matin de l'argent glissé sous sa porte. Cette solidarité prudente lui épargne aussi d'avoir à remercier. Peu de temps après l'arrestation, un après-midi, les hommes en noir viennent perquisitionner le domicile de ceux qui ne sont déjà plus de simples suspects. Là, devant le petit, ils frappent la mère, pour qu'elle dénonce, son mari, ses beaux-frères, les complices de son mari. Manquent l'embarquer, elle aussi, mais peut-être parce qu'elle parle si bien allemand, ils l'abandonnent finalement et s'en vont, la laissent à ses enfants.

Elle n'aura plus qu'eux. Son mari n'est pas mort, il est disparu. De Metz, parti pour le camp de Dora, en Allemagne, avec ses deux frères, toujours. L'un, Filippo, revint, n'en parla pas. L'autre resta à jamais avec lui en Allemagne. Disparu. Lui mourut à Bergen-Belsen – savait-il où était son frère – en mai 1945, après la libération du camp par les Anglais. Mort du typhus, mais d'abord torturé : crucifié – combien de jours –, et enfin enterré par un camarade qui écrivit plus tard à sa femme, pour lui dire où.

Un autre des quatorze mineurs d'Audun-le-Tiche fut transféré à Brême au moment où les nazis, sentant venir la fin, laissaient parfois à dieu ou à la providence le soin d'achever leurs crimes. Avant de disparaître, ils organisèrent l'ordalie finale, poussèrent sur un bateau fantôme sans vivres ni équipage une centaine de prisonniers, largués en mer Baltique. Pendant plusieurs semaines, le navire dériva. Au milieu des cadavres en putréfaction que découvrit la marine suédoise, trente-six rescapés dont le mineur Di Lucia. Ombre revenue d'outre-tombe comme pour mieux témoigner, il refusa pourtant lui aussi de parler, rentra chez lui et mourut très vite, assassiné par le souvenir.

Filippo épousa alors sa veuve et éleva son fils. Antonio, le dernier des quatre frères de Tommaso, le seul à ne pas avoir été pris, mourut écrasé par un bloc de minerai au fond de la mine d'Audun-le-Tiche le 15 septembre 1959.

Les deux grands gaillards redoutés dans les bagarres de bars – sont-ils eux aussi si maigres – prisonniers politiques. Quelle étoile, de quelle couleur. Rouge ? Qui ont-ils rencontré dans les camps, qui les a vus mourir, qui pourrait raconter leur histoire, leurs derniers jours, deux dernières années, grand trou noir, qu'ont-ils fait, dit, pensé. Les quatorze mineurs d'Audun-le-Tiche furent arrêtés le 3 février 1944, il s'en est fallu de bien peu qu'il n'en revienne, lui, et alors les quatre enfants..., tout si différent, pas ce grand roc tragique planté dans leur histoire.

Mais leurs yeux se sont fermés et ils étaient des héros.

Ce que leurs yeux ont vu, chacun toujours l'emmène avec soi, inscrit dans son esprit comme sur un linge fragile. Leurs descendants croulent sous le poids de cette dignité.

Un voyage

Ils étaient venus à pied à travers les Alpes. Après un bref arrêt à Annecy, ils continuaient vers le nord. Au début, les premiers arrivants avaient été embrigadés sur place par les compagnies de recrutement de main-d'œuvre ayant organisé des réseaux officiels d'immigration. En Italie c'était un véritable enrôlement. Les paysans affamés signaient une liasse de papiers, on leur avançait à peine l'argent pour le voyage, et ils partaient. Très vite on affréta des trains, directs pour l'usine. Arrivée le samedi, lundi au haut fourneau. C'étaient des déménagements de villages entiers, d'une ville à l'autre : les mêmes petites communes italiennes fournissaient l'essentiel des émigrés partant pour le même essaim de communes du Pays-Haut, autour de la même usine. Pour Micheville, les principaux fournisseurs étaient Gubbio, Gualdo Tadino, Fabriano. Ensuite, Mussolini arriva, il ne trouva pas digne d'un si grand peuple de quitter sa terre pour vendre ses bras à l'étranger. Il interdit l'émigration, et offrit même des primes à ceux qui rentreraient. Le succès fut mesuré, mais tout de même. Ceux qui restaient savaient au moins à quoi s'en tenir, et qu'ils n'étaient pas prêts de remettre les pieds dans leur région natale. Ils s'en allèrent mourir au fond des camps allemands sans avoir revu le cœur vert de l'Italie. Puissent-ils simplement avoir appris la pendaison du Duce.

Micheville

De la fenêtre de la cuisine, on voyait le petit vallon creusé dans le haut plateau par l'Alzette, qui s'écoule ensuite au Luxembourg pour se jeter dans la Moselle jusqu'au Rhin. Plusieurs strates de couleurs se superposent. D'abord, en bas, juste au-dessous de la maison, la monotonie des anciennes cités minières. Même repeintes de pastels frais, demeurent grises. Plus à gauche, quelques immeubles récents, et au centre, de grosses maisons bordées de jardins : jadis maisons des contremaîtres, rachetées par les nouveaux transfrontaliers. Leurs pères traversaient la frontière en sous-sol, dans les galeries labyrinthiques de l'ARBED, sans jamais vraiment savoir quel pays s'agitait au-dessus de leur tête, ni quel village. Eux sont maintenant pour la plupart employés de banque au Luxembourg. Chacun prend un peu des airs de conjuré, conseille quelques placements, et se rengorge d'échapper à la voracité du fisc. Les maisons, jadis propriété de l'entreprise patriarcale, ont toutes été vendues au moment de la défaite de la sidérurgie et de la fermeture progressive des mines.

Au fond, surplombant le lit de la rivière, un immense mur percé de trous, à la manière des troglodytes. Un pont reposait là-dessus. Comme celui de Billancourt, c'était l'entrée de l'usine, l'entrée de Micheville. Quatre à cinq mille ouvriers chaque matin. À la place désormais une gigantesque clairière, parsemée d'arbustes jeunes, et parcourue par un chemin de ronde, lieu de la promenade dominicale des retraités de la sidérurgie. Plus loin encore, d'étranges reliefs, ceux de la carrière à ciel ouvert, l'ancienne mine. Y trône un chevalement dérisoire, décor d'un théâtre pas si naturel. Les mineurs à ciel ouvert – moins bien payés que ceux du fond – un siècle durant s'étaient activés là puis silencieux s'en étaient allés.

Rangée au placard, la vieille rivalité des mineurs et des sidérurgistes, solidement verrouillée par l'histoire. Aux poubelles la fierté des uns de faire le travail le plus dur, et le mieux payé, salaire jalousé mais pour lequel les autres refusaient de se priver de la lumière du jour. Des histoires, tout cela, de la poussière d'histoire. Pour eux la lumière c'était l'acier ou la fonte en fusion, la couleur or dans les ténèbres de l'usine, son jour violent sur les visages trempés. Au moment où ils ouvraient le ventre du haut fourneau, le métal s'échappait, puis, guidé par les hommes à travers les rigoles, les rails peu à peu prenaient forme, et c'était la promesse de conquêtes futures, de monuments fabuleux destinés à chanter de par le monde l'héroïsme des hommes du fer. Eux qui n'avaient jamais mis les pieds à Paris virevoltaient papillons dans la toile d'araignée de la tour Eiffel, petit morceau d'acier lorrain illuminant la capitale. Croyaient-ils en faire ainsi un peu partie.

Et qui dira qu'un jour un homme, un ouvrier bien sûr, glissa tomba d'une coursive au cœur du métal en fusion. Ses camarades voulurent, non il ne s'agissait plus bien sûr de chercher à le sauver, il est tombé, vous comprenez, comme dans de l'eau, a été avalé par le métal rougeoyant, deux mille degrés, ils voulurent récupérer quelque chose de lui, pour sa femme bien sûr, mais rien ne fut rendu, rien de ce qui avait été un homme, alors, simplement, prirent un morceau du rail et l'offrirent à l'épouse. Et elle le mit dans le cercueil. Un morceau de rail pour un cénotaphe. De l'homme, il n'était plus question de chair ni d'os mais d'atomes disséminés au cœur du minéral, quelques atomes de vie pétrifiés dans un rail. Un homme résumé, pas même à son squelette, pas même à ses cendres, mais à une pièce d'acier où il s'était dissous. Quelques molécules organiques éparses. Rendre hommage aux cailloux.

Chez les mineurs, la terre recrachait au moins toujours quelque chose après s'être repue, et l'on n'abandonnait pas sans cercueil un camarade mort. Parmi les gueules de fer aussi, les morts sans sépulture errent sans trouver le repos, attendant des camarades l'autorisation de franchir la rive. Pour cela encore que certains se font croque-morts pour l'enterrement d'un des leurs, et portent tous ensemble le cercueil noir sans croix.

Ils descendent chaque matin, partent voler le feu sacré, avec au ventre la solidarité des copains et la peur de la mort. Entre eux, pas de collègues, rien que des camarades. Ils se moquent des sidérurgistes, plus égoïstes, déjà individualistes. L'éternelle rivalité qui resurgit. Au bal, le samedi soir, il y a le clan des mineurs, frimeurs, un peu flambeurs, enviés et admirés, capables de craquer en une soirée un demi-mois de salaire – réputé gras, le salaire d'un mineur, années cinquante. Métier dangereux, prime de risque, prime au rendement. Payés à la tâche, à la tonne de minerai dégagé. Après, grâce aux luttes, salaires plus équitables. Partout les trois-huit, tous les mois changement de rythme, alors c'est les seize, changement de vie. Dans les cités, l'après-midi, les enfants sont grondés : « Zitti !

ton père est de nuit, tenez-vous tranquilles ! »
Lever à cinq heures pour commencer à six.

Petit-déjeuner sans pères, partis comme des fantômes discrets gagner la soupe du soir.

Aux yeux des enfants, activité secrète, mystérieuse et glorieuse, séparant l'humanité entre ceux qui se lèvent avec le monde, avec le soleil, et ceux qui sont partis avant l'aube, grands ordonnateurs clandestins.

École nationale d'administration

Ton chien, il nous emmerde à aboyer tout le temps, jamais tranquilles, au moins colle-le dans le jardin quand tu nous invites, voilà la polenta, verse-la sur la planche, allez-y, encore plus de sauce, après on goûtera mon schnaps, je l'ai fait moi-même, le lapin, celui-là, je l'ai gardé pour une occasion, comment ça va le Poli Rueff, ça va, il se remet, parle plus très bien, à cause de l'opération, mais ça va, tu veux faire quoi, toi, plus tard, il reviendra travailler dans deux mois mais il pourra plus descendre, bah, on lui trouvera autre chose, qu'est-ce qui s'est passé encore à la fédé cette semaine, vous vous êtes engueulés, rien, à propos de Cattenom, il y a des manifs, des Allemands, beaucoup, ils en veulent pas de la centrale, trop près de la frontière, à la fédé, ils ont pas été clairs, il paraît que tu travailles bien à l'école, c'est bien, il faut continuer, la fille Morandini, elle a fait des grandes études, maintenant elle est à Paris, elle étudie à Paris, je crois qu'elle va être professeur, d'histoire, elle est à la Sorbonne, oui, mais elle, elle sera pas prof, elle est pas faite pour ça, il paraît que la fille Kieffer est partie en vacances avec le prof de maths du collège, mais ils ont que ça à faire, qu'est-ce que tu veux, et ta prof de français, pourquoi elle est pas mariée, elle est gentille, elle au moins, elle sait ce que c'est, elle a pas fait la leçon quand elle est venue à la mine, elle est bien, l'ENA, ah, c'est bien, l'ENA, c'est bien, le sous-préfet, celui qui nous emmerde pour le contournement d'Audun, il a fait l'ENA, il y connaît rien, tu seras sous-préfète, mais comment on fait, un concours, tu sais, les concours, Tore, arrête t'y connais rien, qu'est-ce que tu connais à l'école toi, t'as que le certificat d'études, moi j'ai soixante ans (l'œil qui part de côté, chauve, de grosses rides sur le front et des mains énormes, des pattes d'ours, chasseur, braconnier), ça fait longtemps que je les connais, les types, eh bien, je vais te dire, ma fille, te penche pas vers moi comme ça, tu me fais peur, quand ils te voient arriver, ils savent déjà tout, oui, ils savent d'où tu viens, et qui était ton père, ils le savent, ton père, moi je le connais depuis qu'il est comme ça, il était bon à l'école, eh bien tu sais ce qu'ils lui ont fait, non, il a pas voulu, il aurait pu passer porion, mais ils savaient qui on était, nous, alors les gens comme nous, ils en veulent pas, tu comprends, les gens comme nous, ils savent qu'on est pas pour eux, ton père, il leur a dit, le type de l'École des mines il croyait lui apprendre, ils viennent au fond, ils croient nous apprendre, ils nous disent, faut faire comme ça, et la dernière fois ils ont augmenté les doses, on est passés de trente-six à cinquante-quatre, tu comprends ça toi, avant au-dessus de trente-six, il fallait quitter la galerie, maintenant c'est cinquante-quatre, alors tu vois, quand tu arrives devant eux, ils te posent des questions, et ils ont déjà décidé qu'ils te veulent pas, de toi, tu comprends, parce que nous, on est pas comme eux, et ça, ils le savent, ils savent qu'on est pas comme eux, mais pourquoi tu dis ça, ils savent qu'on est pas comme eux, tu verras, parce que c'est vrai, on est pas comme eux, mais si on travaille, moi je crois qu'on peut y arriver, ton père, il leur a dit, comme ça, qu'il était communiste, il leur a dit, qu'il passerait pas de l'autre côté, attends, je te dis pas que tu pourras pas y arriver, oui, on peut y arriver, mais ça veut dire, qu'est-ce que ça veut dire, ça veut dire qu'on est devenus comme eux, tu sais, ça veut dire qu'on a renoncé, qu'ils ont gagné, tu comprends, si on y arrive, c'est encore eux qui gagnent, c'est encore eux qui auront gagné, on est devenus comme eux, tu vois, parce que nous, ils nous veulent pas, des gens comme nous.

Parti Communiste Français
2, place du Colonel Fabien
75940 Paris CEDEX 19

INTEL. JG/NT

Paris, le 15 juillet 1976
Aux directions fédérales

Objet : centrales nucléaires

Chers camarades,

La poursuite du programme nucléaire du Gouvernement amène E.D.F. à rechercher de nouveaux emplacements de centrales, à présenter des dossiers de Déclaration d'utilité publique, à commencer la construction de nouvelles centrales et naturellement à poursuivre activement les travaux déjà en cours.

Cela peut conduire un certain nombre de nos élus à prendre position à ce sujet en fonction de leur mandat municipal, départemental, régional et bien entendu nos organisations à se prononcer.

Il est du plus grand intérêt dans cette affaire, à chaque fois qu'il y a lieu, que nos organisations expriment clairement et sans tarder la position du Parti qui est essentiellement fondée sur des raisons politiques tenant aux conditions dans lesquelles ce programme s'inscrit. Les éléments ponctuels, d'environnement, locaux, etc., découlant de ces conditions.

Nous vous rappelons qu'à l'origine du programme en cours, et qui se prolonge, nous avons déjà exprimé notre appréciation et formulé d'autres propositions. Trois documents existent à ce sujet que vous pouvez avantageusement consulter :

1° - La conférence de presse du Parti qui a eu lieu le 10 octobre 1974 : « quelle politique nucléaire pour la France »,

2° - La note du 5 décembre 1974 envoyée par le Comité Central à toutes les fédérations concernant l'implantation des centrales,

3° - La déclaration de Jacques Chambaz pour

le 30e anniversaire du C.E.A. dont « L'Humanité » a publié des extraits.

De plus, deux articles ont été publiés dans la revue « Communes d'aujourd'hui ».

Depuis lors, tout dans la politique giscardienne confirme notre orientation, de refuser ce programme et de dire non à l'implantation des centrales qui en découlent, sans nous laisser entraîner dans une opposition systématique à toute production d'électricité d'origine nucléaire.

« C'est le sens de la position des conseillers régionaux communistes qui se prononcent contre le programme des centrales nucléaires du gouvernement. »

Voici un bref rappel de nos propositions :

1° - Le développement de l'énergie nucléaire doit s'envisager dans le cadre d'une utilisation accrue et équilibrée de l'ensemble des ressources nationales (charbon, houille blanche, marée...) permettant d'assurer et de consolider notre indépendance nationale. Nous rejetons le « tout nucléaire » comme le « tout pétrolier ».

2° - Il ne peut s'opérer à l'avantage des sociétés multinationales, et sous leur autorité scientifique et technique. Pour ces sociétés la recherche du profit s'oppose à la recherche de la sûreté.

3° - Le pouvoir a retiré au C.E.A. toutes ses prérogatives concernant la sécurité des installations et de la protection humaine. Nous demandons qu'elles lui soient restituées « afin que les conditions de sécurité soient effectivement assurées pour les travailleurs, la population, l'environnement ».

4° - L'implantation des centrales doit s'intégrer dans un plan national et local de développement économique, social et culturel.

5° - Elle doit donner lieu à un débat démocratique réel au sein des assemblées élues concernées. Celles-ci ne pouvant se contenter de donner un simple avis.

Depuis lors, un seul fait nouveau est intervenu, il s'agit de la décision du gouvernement d'autoriser E.D.F. à réaliser une centrale d'un type nouveau, utilisant non la technique américaine mais celle de la surrégénération (réacteur rapide genre Phénix) mise au point par le C.E.A.

Cette filière représente incontestablement un progrès technique important susceptible d'améliorer notre politique énergétique à terme, et favorable à notre indépendance. Mais là encore, le pouvoir a appliqué sa politique de privatisation et d'abandon national.

À Creys-Malville, lieu d'implantation du prototype industriel de cette filière, ce n'est pas E.D.F qui sera maître d'œuvre, mais le N.E.R.S.A., société italo-germano-française dans laquelle E.D.F. ne détient que 51 % des actions, c'est-à-dire qu'elle n'a pas la majorité dirigeante (en principe les 2/3).

En même temps, le gouvernement a autorisé la création d'un groupement qui dépossède le C.E.A. de la responsabilité des études et des techniques qu'il avait seul élaborées. Cette société NOVATOME comprend le C.E.A. (30 %), Creusot-Loire (40 %), la C.G.E. (30 %).

Il y a donc eu sur le plan de la maîtrise technique dépossession des responsabilités du C.E.A. et transfert à un groupe capitaliste, en même temps que don gratuit de tous les travaux scientifiques et techniques que le C.E.A. avait seul menés à bien jusque-là (la France, l'Angleterre et l'U.R.S.S. sont les seuls pays ayant mis au point cette filière d'avenir. Les U.S.A. sont en retard).

Enfin pour la construction des réacteurs de cette filière des tractations sont en cours entre groupes monopolistiques sur le plan national (Empain et C.G.E. notamment) et international (avec les Allemands en particulier) pour savoir qui jouera le rôle principal.

En résumé pour cette nouvelle filière on retrouve tout ce que nous avons dit précédemment, c'est-à-dire l'éviction du secteur public, hégémonie des groupes industriels et financiers multinationaux porteurs de tous les abandons nationaux.

On voit bien qu'il ne s'agit pas encore une fois de se prononcer pour ou contre l'atome, ou d'une de ses techniques, mais entre deux politiques.

En ce qui concerne les associations de défense et les colloques auxquels le Parti peut être invité, nous estimons que si le colloque d'experts paraît contre-indiqué, nous avons intérêt à ne pas ignorer les associations et à examiner pour chaque situation concrète les possibilités de rapports avec elles. L'expérience montre que chaque fois que nous prenons l'initiative en temps voulu, les conditions politiques de développement de l'action de masse sont meilleures.

Nous nous tenons à votre disposition pour tout renseignement complémentaire ou aide éventuelle, et vous demandons de nous tenir informés des problèmes auxquels vous pouvez être confrontés et de vos initiatives.

Bien fraternellement,

Gaston PLISSONNIER
Secrétaire du Comité Central

La débâcle

Le jour de la retraite allemande, la foule était massée sur les trottoirs de la grand-rue d'Esch-sur-Alzette, et regardait passer les chars. Devant le café tenu par la grand-mère, tous les pensionnaires, locataires de chambres, clients du restaurant. Une femme de poigne qui menait le commerce et avait réussi à bâtir une petite fortune en préparant des pâtes pour les Italiens isolés, puis, après avoir racheté l'immeuble, en leur louant des chambres. Ses trois filles allaient à l'église – un banc réservé à la famille. Le notaire, un homme petit et joufflu, rougissant, connu dans toute la ville pour sa prospérité, avait prêté sa voiture le jour de la communion de la petite-fille (quelques mois plus tard, provoquait la faillite de la dynastie naissante et s'évanouissait dans la nature).

Ils l'avaient attendu ce moment. Le départ des Allemands. Les Boches rentraient chez eux. Ils étaient tous là, sauf ceux qui étaient morts, quand soudain elle s'élança pour traverser la rue. Que voulait-elle faire – Qui allait-elle saluer – Qui rattraper. Un char allemand arrivait, parmi la longue colonne de ceux qui défilaient. Assis sur la carrosserie, à l'avant, un jeune soldat de la Wehrmacht l'aperçut qui s'avançait. Il cria quelque chose pour la faire reculer, Achtung, mais elle ne l'entendit pas ou peut-être l'entendit-elle trop tard, et le conducteur du char, la vit-il et refusa-t-il de détourner sa route, de ralentir son rythme, pour l'éviter, ou bien elle traversa dans un angle mort, invisible pour lui – que voit-on de l'intérieur d'un char. Toute la famille, sa petite-fille, Lina, son mari, les clients, massés devant le perron de la maison de brique rouge, tous figés dans une seconde d'effroi, dans la certitude de l'irrémédiable. Le soldat allemand, jeune encore, voit soudain la foule basculer dans sa tête. Il est seul, là, tout près, à pouvoir faire un geste pour empêcher, seul devant cette Untermensch après tant d'autres, pourquoi la sauverait-il, elle, pourquoi soudain un bizarre sursaut de gloire ou de désespoir. Il se jeta sur elle pour la pousser de l'autre côté. Ils passèrent tous les deux sous les chenilles, ensemble, devant les yeux de la famille réunie. Il se jeta sur elle pour la sauver, la vieille femme. Que se passa-t-il alors dans son esprit, trop de morts déjà peut-être, trop de massacres pour ne pas au moins tenter d'éviter cette mort-là. Pour se racheter ainsi sa place au Walhalla, une vie contre mille, un salut contre toutes les morts inutiles. Toujours espérer que ce fût par dégoût, dégoût de sa cause. En finir noblement, pour une fois, en chevalier, enfin, après toutes ces barbaries quotidiennes au son des Walkyries. Ou simplement un réflexe pour une qu'il considérait peut-être comme une Allemande, une Luxembourgeoise. Ils moururent tous deux cet après-midi-là sur le trottoir stupide, dernières victimes locales de la débâcle allemande, morts un peu honteuses, pour la famille de l'une et la famille de l'autre, cet enlacement final... Mais parfois le hasard.

Angelo

Bien sûr il ne s'agit pas de travailler, pour elles, non. Il faudra encore attendre quelques années. Paris les émancipe dès la fin de la guerre. Là-bas couvercle étanche, les maîtres de forges s'arrangent. Les choses bien à leur place. Parménide paternaliste. École ménagère, jusqu'à quatorze ans, communion en drap blanc, mouchoir brodé offert par le directeur. Rien ne dépasse. Le curé veille, le dimanche, les hommes se reposent de la semaine et de la cuite de la veille. Le vieux en chasuble noire ne manque jamais une occasion de rappeler aux impertinents que les gens bien mis sont dans leurs droits. Aux pauvres le royaume des cieux, en compensation celui d'ici-bas pour les autres. Tous les droits. Le jour où son ballon – foot suprême orgueil, Piantoni au Panthéon, Platini en culottes courtes à Jœuf –, son ballon dans la rue devant les cités, vlan, en plein dans les fesses de la femme à Jubert. Jubert, le vieux maire d'avant, d'avant le vote des Ritals, les bolcheviques bouffeurs d'ail, vieux maire de droite un jour viré par la bande rouge. Le ballon sur le cul de la dame, une grande baffe dans la gueule du gamin, comment déjà, Miretti, Siretti... l'orphelin du communiste. Une grande baffe en attendant qu'il s'excuse, de son ballon, de son père, de son pantalon gris bien coupé de petit Rital. Macaroni. Il ne s'excuse pas. Curé, sermon, éducation, communion, excommunication, il m'a traité, la mère, il l'a traité, tendre l'autre joue, il m'a traité, t'excuser, t'excuser t'excuser, le maire, le maire, monsieur, madame, sale petit rouge, lui apprendre, va fanculo, un jour, un jour, ton père, mon père, un jour, mon père.

Quatorze ans. Les instituteurs veulent qu'il continue ses études, mais devenir quoi, ingénieur, passer de l'autre côté, avec ceux qui écrasent, qui n'aiment pas les ouvriers. Pas d'autre choix. Pas question de gaspiller la main-d'œuvre. Pas journaliste, avocat, scribouilleur pour défendre la cause, mais juste passer du côté des chefs ou s'enterrer à cent pieds sous terre. Meilleurs ouvriers envoyés à l'École des mines. Promotion trahison, réussite reniement. Le grand Bruno, à Moyeuvre, un sacré communiste, quatre enfants, jusqu'au jour où, il allait jamais à l'église, devenir porion, le salaire tu comprends, diriger les gars, ils lui ont proposé de devenir porion, quatre enfants, fermer sa gueule aussi, c'est lui le chef maintenant, ça change tout, pas le choix, quatre gosses, il paraît que le dimanche, il y va maintenant, c'est comme ça, un type bien à part ça, pas eu le choix, quatre gosses, et sa mère.

Certificat d'études, félicitations. Quatorze ans, avec tous les autres, première descente dans le trou où le père avait été libre pour la dernière fois. Apprendre le métier, apprenti pendant deux ans, écouter les conseils des anciens, précieux et généreux. Apprendre à survivre. Avec une longue perche, s'assurer de la stabilité du mur, dégager si nécessaire quelques blocs. Apprendre à écouter la mine. Le ruissellement des gouttes le long de la paroi, car l'eau, en bas, c'est l'ennemie incessante. Écouter le bois des chandelles – les poutres de soutènement. Bois de sapin, qui craque et se déchire longuement avant de céder – laisse aux hommes le temps de détaler le long des galeries humides – le chêne, plus solide, se brise d'un coup sans prévenir, trop tard.

Les mains deviennent calleuses, elles s'élargissent. À Forbach, dans le charbon, plus à l'est, dans les houillères du Nord, le charbon s'emmagasine dans les égratignures des mains, et lorsque la plaie se referme, ça laisse un sillon noir sous la peau, tatouage du métier. La mine dans la peau, toile d'araignée dermique. Tressange, les mines de fer, au fond des grandes bottes vertes les pieds toujours humides déchirés de crevasses, désinfectées tous les soirs, rougies au mercurochrome, et poudrées de talc le matin. Les poils des mollets ritals polacks ukrainiens peu à peu disparus sous les frottements du tissu coincé dans le plastique de la chaussure. Les poumons s'encrassent. Le minerai, poussière fine, se dépose dans les alvéoles roses, sanguines, les noircit, c'est pas la silicose, mais la sidérose, la maladie du fer. Sidêros, le fer, l'acier. On en tousse et on en crache et un jour c'est la bronchite, qui ne guérit pas, ce n'est pas une bronchite mais un cancer. Le petit aux poumons fragiles, déjà si jeune une pneumonie, n'aurait pas dû être mineur, sa mère ne voulait pas, vous savez, mais têtu, son père, vous comprenez, rien à y faire, à quatorze ans, a voulu descendre au fond, et sa mère qui pleurait, mais lui intraitable, au nez et à la barbe des instituteurs et des de Wendel qu'auraient bien voulu transformer la mauvaise graine en cadre bien docile, bien soumis parce que la paye..., et puis les études ça vous crée une barrière, tout de suite, et après c'est les autres, ceux qui sont restés, les ouvriers qui ne veulent plus de vous, qui ne vous reconnaissent plus comme des leurs. Vos intérêts ne sont plus les mêmes, vous comprenez. Alors, il a dit non, il n'a pas voulu, l'École des mines de Nancy, et il est descendu, mineur. Foreur. Au fond de la galerie, le dernier mur à abattre, pour progresser. Percer la taille de trous, les creuser bien régulier comme un échiquier. Et dans chaque trou placer, doser, une charge d'explosif, précise; les charges explosent l'une après l'autre, le mur s'effondre sur lui-même, sans trop de projections. Ensuite déblayer. Et repartir ailleurs.

Très vite, prit sa carte au Parti communiste. À seize ans. Les réunions des mineurs, améliorer les conditions de travail. À la mine, un homme seul est vite fini. CGT. Punition, répression, envoyé seul dans les galeries plus loin, travaille huit heures sans voir personne, pour trouver de nouvelles couches. Punition pour insubordination. Solidarité. À la mine, ils disent qu'un homme seul est un homme mort. Ritournelle inlassable, inlassablement répétée, mais cette fois, pas de figure de style métaphore hyperbole, je suis mort de peur mort de rire si tu fais ça t'es mort. À la mine, un homme seul est un homme mort, mort en silence étouffé sous des cailloux, en silence écrasé par l'éboulis, en silence simplement noyé la tête maintenue dans une mince flaque d'eau par un bloc, comme le copain Guido, dix-neuf ans.

Les enfants avalent leur petit-déjeuner sans lui, son odeur dans la maison, l'odeur de son absence, et puis son travail qui est partout, deus absconditus, là, sous la terre, ne savent jamais exactement où mais jamais loin, c'est sûr, des kilomètres de galeries sous les pieds, invisibles, là peut-être. Et au retour de l'école, il les attendait, fringant, comme revenu de voyage, assis sur le fauteuil, trois ou quatre journaux devant lui. Le soir, il enlève ses chaussures, l'image de ses mollets lisses sur ses jambes poilues, c'est tout un mystère. Papa travaille dur, c'est inscrit là, comment est-ce que ça peut arracher les poils, et creuser des crevasses entre les orteils – les bottes. La mine c'était ça : ses pieds rougis de mercurochrome, ses grosses mains calleuses et ses jambes imberbes.

C'est seulement après, quarante-cinq ans, qu'il commencerait à cracher, comme les autres, les vieux mineurs au visage épais, ridés comme des pommes, chique au bec, yeux noirs, et l'accent des Ritals qui se perd dans les graves d'une voix brisée. Ils l'appelaient, Angelo, pas encore Sindaco, ça serait pour plus tard, ça, quand une intonation badine suffirait à lui rappeler qu'il était là grâce à eux, et qu'il ne fallait pas la leur faire, à eux, avec les titres. Angelo, il n'y avait que les Italiens pour bien prononcer son nom, en faisant poser tout le poids de l'accent tonique sur la première syllabe, en la laissant bien ouverte, cette invocation première, quitte à l'exagérer. Angelo. Son oraison funèbre, dite par le maire de Gualdo, la ville du père, maintenant jumelée avec Audun, le maire de Gualdo, Angelo, dans son discours ces trois syllabes, Angelo. Tout ce discours en italien, un jour de septembre ensoleillé, rythmé par trois syllabes en litanies, ça faisait pleurer les vieux Ritals, qui comprenaient, et même les Français, qui ne comprenaient pas tout. Pas possible d'imaginer un autre au revoir. Ce n'était pas au revoir. Ce n'était pas le maire italien qui parlait, on aurait dit son père, la voix de son père, de cinquante ans revenue, qui l'appelait, qui venait enfin le chercher. Angelo, filio mio, quanto mi hai mancato ! son fiero di te, sai, di tutto quel che hai fatto. Adesso, vieni col babbo, che ti aspetto da tanti anni...

Conseiller municipal à vingt-sept ans – viré, le vieux Jubert – puis dix ans après délégué mineur. Il passe ses journées à visiter toutes les galeries, rencontrer les gars, vérifier les normes de sécurité, puis négocier avec les patrons. Il sillonne les sillons, arpente les galeries. Le bannissement terminé, grâce au suffrage des camarades.

Des voyages, les pays de l'Est, et un jour en RDA l'incompréhension devant des militaires allemands, cauchemar de retour en arrière, vingt ans plus tôt, la guerre, et les aboiements dans l'oreille du petit garçon. Sur le chemin du retour, la visite à Bergen-Belsen, quelques photos du monument au souvenir. Son père y avait été crucifié, pendant combien de temps, mais pas mort encore, puis le typhus.

Code du travail

Article L.712-1

Des délégués à la sécurité des ouvriers mineurs sont institués pour visiter les travaux souterrains des mines ou carrières dans le but d'en examiner, d'une part, les conditions de sécurité et d'hygiène pour le personnel qui y est occupé et, d'autre part, en cas d'accident, les conditions dans lesquelles cet accident se serait produit.

Ces délégués sont en outre chargés de signaler, dans les formes définies par voie réglementaire, les infractions aux dispositions concernant le travail des enfants et des femmes, la durée du travail et le repos hebdomadaire relevées par eux au cours de leurs visites.

Article L.712-9

Lorsqu'il est possible de réunir en un collège unique les électeurs d'au moins trois circonscriptions de délégués mineurs voisines et portant sur des exploitations de même substance, les délégués mineurs du fond et les délégués suppléants sont élus au scrutin de liste à deux tours avec représentation proportionnelle dans les conditions prévues aux articles ci-après.

Sans papiers

En septembre 1939, les habitants d'Audun-le-Tiche furent évacués à Loudun, dans la Vienne, pour échapper aux Allemands. Certains refusèrent de partir, d'autres ne le purent pas. Les mineurs furent nombreux à être envoyés à Montceau-les-Mines, pour continuer leur travail. Nombreux aussi à y périr, victimes des bombardements, entre autres ceux de l'aviation italienne. Après la débâcle de l'armée française, la grande valse recommença, la Moselle et l'Alsace annexées, considérées comme allemandes, territoires du Grand Reich, et ceux qui y étaient nés condamnés à être enrôlés de force dans la Wehrmacht, voire dans la Waffen SS. Pour les mater, on les envoyait parfois sur le front russe, où beaucoup disparurent. Certains s'échappèrent, désertèrent ou s'enfuirent avant d'être incorporés. Ceux-là, s'ils étaient par hasard retrouvés quelque part en France...

C'était la veille d'Oradour-sur-Glane, le 9 juin 1944, à Tulle. Il n'avait pas vingt ans et s'était soustrait à l'enrôlement forcé dans l'armée ennemie. Il fut pendu aux côtés des quatre-vingt-dix-neuf autres.

D'Italie

La classe ouvrière française, dans ses profondeurs, est seule à être restée fidèle à la patrie profanée.

François Mauriac.

Le père ne revint jamais des camps et les quatre enfants, les quatre enfants restants, furent désormais élevés par leur mère.

Pendant les bombardements, elle emportait avec elle un jambon et le plumeau grenat du grand lit. Les trois petits s'y couchaient, et se bouchaient les oreilles.

Dans les cités minières, le chauffage était gratuit, on fournissait le charbon pour le poêle, et derrière, dans le jardin, des animaux – basse-cour et clapiers à lapins, un potager. Une fois l'an, le cochon tué, on prépare la porchetta pour la kermesse de la cellule.

Le dimanche est jour des gnocchi. D'abord cuire les patates, dans un faitout métallique. Les écraser à la fourchette en y mêlant la farine. Une fois la boule de pâte formée, et malaxée, la découper en longs rouleaux, recouverts de farine. Puis débiter en innombrables petites boulettes. Les rouler une à une avec l'index afin d'y creuser une cavité pour la sauce tomate. La sauce mijote, à côté, bœuf, veau, porc. Plat de riches, plat du dimanche. Elle réduit pendant au moins deux heures, le parfum dans la cuisine et partout dans la maison. Rentrée d'une folle course dans les cités, l'odeur entre toutes, et se précipiter à la cave, à la recherche du bloc de parmesan. Une tranche à grignoter telle quelle, sans pain, avant le repas, bien sûr à l'insu de la mère. Juste avant que tout le monde se mette à table. Il y a des gnocchi partout dans la cuisine aux vitres embuées. Les faire passer de l'immense planche de bois sur tout ce que la maison compte d'assiettes avant de les plonger dans l'eau bouillante. Une assiette à la fois, sans les coller. En une minute, les premiers remontent à la surface, déjà cuits, vite les attraper avec une écumoire et les coucher dans le saladier. Une couche de gnocchi, une couche de sauce, une couche de parmesan, etc., jusqu'au dimanche suivant.

Hasebrot

Les fils de marin peuvent se planter sur la grève et regarder la mer en attendant le retour du bateau. Pour les enfants des mineurs, le père est là-dessous, quelque part, peut-être sous leurs pieds, à huit cents mètres environ. Où qu'on regarde, il y a la terre, et sous la terre le cheminement des galeries. La mine comme horizon magique. Est-il là, sous ce petit bois, ou bien sous le calvaire d'acier planté à deux pas du crassier, au fond de la forêt près de la nécropole. C'est encore les mineurs qui ont découvert ça, en creusant la colline à la Joy et au Jumbo, les engins de la mine servant parfois à tracer des chemins dans la forêt. Une vingtaine de tombes. Mérovingiennes. Époque d'installation de petites fonderies permettant de fabriquer des outils. Les enfants courent autour des grillages protégeant les tombes et poussent des hurlements en dévalant le talus. Tout le long, les patrons de la mine ont fait ériger un chemin de croix au milieu des arbres jusqu'à un grand calvaire d'acier, immense croix grise improbable fichée dans la forêt. À Crusnes, à cinq kilomètres de là, c'est l'église tout entière qui serait en fer et qui rouillerait péniblement ses contreforts au milieu des cités ouvrières.

Le bonheur, pour les gamins, c'est l'hasebrot retrouvé au fond des poches de leur père, à son retour de la mine, lorsque celui-ci s'endormirait d'un sommeil de plomb et que l'on pourrait alors explorer les pépites ramenées du fond. À défaut d'or, c'est un quignon jauni, dur comme le fer, imprégné de la poussière du fond, que l'on ramène à la surface. À la mine d'Aubrives, en 1961, les mineurs en grève étaient restés vingt jours au fond pour faire plier la direction. Les femmes sur le carreau font descendre la soupe et les pâtes, tous les jours, pour entretenir le moral. Et la victoire finale, la remontée au grand jour, épuisés mais vainqueurs, et prêts à recommencer demain s'il le faut, l'arrivée à la lumière, tous, Italiens, Polonais, Ukrainiens, et le monde rassemblé qui entame *La Marseillaise* pour les accueillir. Les mineurs reprennent en chœur en pleurant. Ils ramènent dans leurs poches le pain des héros. Pour les enfants, dévorer un peu de la mine dévoreuse. Un jour bientôt, à quatorze ans, eux aussi descendront. C'est le directeur de la mine qui les a repérés, le dimanche il traverse les cités, tête baissée, vérifie l'entretien des jardins, la propreté des trottoirs, sans dire un mot, pas un bonjour. Et demande le lundi en rentrant au chef du personnel, quel âge a le fils Capracci, bientôt l'apprentissage, non ? Pour les filles, l'école ménagère, apprendre à coudre, à repasser, cuisiner, repriser, ne pas gâcher. Quatre ans durant, de quatorze à dix-huit, ensuite, prêtes aux épousailles. Le jour de la Sainte-Barbe, une messe, et les demoiselles d'honneur choisies pour l'occasion reçues chez le directeur de la mine. Royal, il leur offre un mouchoir. C'est la direction qui organise le banquet, et en 1943, au milieu du rationnement, tant d'estomacs resserrés découvrent avec étonnement tartes aux abricots, rôtis, vins, champagne, généreusement étalés sur les tables. Sainte-Barbe, 4 décembre 1943. Deux mois plus tard, la Gestapo descend au fond de la mine et arrête quatorze résistants. Dénoncés.

Le pays bleu

Le train au départ de Metz, et à destination de Thionville, fait une seule halte. Il s'agit simplement de décharger son contingent de visiteurs devant le parc d'attractions. Ici on vient pour faire la fête, paraît-il, pour jouer aux enfants et oublier qu'enfants, on avait une certaine fierté qu'on disait encore ouvrière, chevillée au corps. Il est sans doute trop tard pour penser à l'honneur, il faut survivre. Les gueules noires ont cédé la place aux nains bleus. L'accent guttural résonne ridiculement aux oreilles des touristes de passage. Plus loin quelques musées des mines s'étiolent, mais le grand huit, les centres commerciaux ou le nouveau casino tout proche ne désemplissent pas. À la place de l'ancienne usine – et avec subventions publiques. S'y promènerait-on une lampe de mineur vissée au front, pour remplacer la lanterne, qu'on n'y trouverait plus un homme.

La commune

À l'entrée de Villerupt, il y eut pendant plusieurs mois, peut-être une ou deux années, une sculpture étrange, mikado d'acier se dressant au milieu du carrefour, que les voitures étaient obligées de contourner et d'admirer pour entrer et sortir de la cité ouvrière. Pour faire entendre leur voix, réduits au happening les héros du fer. Avaient peint sur le métal : « La Lorraine vivra ».

La Lorraine, ça ne pouvait être que l'acier, Micheville, l'usine dont les de Wendel s'étaient débarrassés quelques années plus tôt, la mine à ciel ouvert morte depuis longtemps, mais les autres galeries toujours grouillantes – innervation souterraine qui faisait battre le cœur des cités.

Ils étaient venus plusieurs fois. Cette fois-là, ils parlèrent, beaucoup. Les hommes levaient les bras, brandissant leurs casques et la lampe désormais électrique qui s'y accrochait. Ils parlaient diminution d'effectifs, restructuration sans douleur. Tout le monde s'y retrouverait. Au début, il ne fut pas même question de fermeture. Il fallait concentrer, moderniser, rentabiliser. Les plus soupçonneux sentirent venir l'averse. Dès les années 1965, on commença à diminuer l'activité.

C'était imparable. Pas assez riche en fer, la minette lorraine, seulement du 25-30 %, alors qu'au Brésil, des gisements à 70-80 %. Arithmétique de la modernité. Les ouvriers râlaient : les usines luxembourgeoises, elles, continuaient bien d'exploiter la même minette, franchissant allègrement les frontières souterraines pour venir chercher en France le minerai qui leur manquait. L'ARBED continuait ainsi de faire tourner ses hauts fourneaux grâce au minerai français. Seulement la nationalité des cailloux, ça n'intéressait personne. La Lorraine, elle, manquait cruellement d'industries de transformation. Personne n'y avait cru. Personne n'avait semblé sentir venir le danger. Du moins pas ceux chargés de veiller aux destinées des usines et des mines. Pour eux, le rendement était là, déjà, et les marchés offerts. Depuis la fin du siècle, toutes ces vallées, de l'Orne, de la Fensch, de l'Alzette... fleurissaient et dansaient au rythme de la croissance. Et les besoins de la reconstruction, après la guerre, avaient élargi les débouchés de l'acier lorrain.

Le mois de décembre 1978 fut particulièrement froid. L'ingénieur semblait taciturne, et les ouvriers l'observaient, perplexes. Alors Ils sont revenus, et Ils ont parlé, une fois de plus, se hâtant avant les fêtes, se dépêchant pour ne pas rater la dinde, et leurs cadeaux. Emplois supprimés bassin de Longwy restructuration Usinor reconversion. Aux oreilles des enfants où était le bassin de Longwy, on pouvait s'y baigner, qu'est-ce que c'est que ces mots qui reviennent dans la bouche des adultes, qui ne semblent pas sérieux mais qui les mettent en colère. Une fillette au petit manteau vert est debout, la tête levée vers son père qui lui sourit, il se penche légèrement vers elle, les banderoles flottent, Parti communiste français, section du canton de Fontoy, il y a du monde. Elle lui demande où se trouve le bassin de Longwy, pourquoi il doit faire un discours au lieu de l'emmener se promener. Dans la soirée, l'homme harangue la foule, il est à la tribune, et expose aux travailleurs : « ... les dangers qui pèsent sur l'emploi dans la région, ... préserver l'avenir des plus jeunes... ». La petite fille est toujours là, cette fois sur les genoux de sa mère. Elle a sa petite chaise en osier avec elle. Son père parle, et elle le regarde, et à un moment se lève, prend la chaise avec elle et va se placer sous la tribune, devant le micro, devant le monde, se mettant debout sur sa chaise lui déclare : « Papa, c'est pas vrai ce que tu racontes ! »

La mort n'existait pas encore.

Personne ne resta sur le carreau, non. Tous partirent, qui vers d'autres régions, les plus jeunes, qui vers d'autres usines. Ce fut une lente mise à mort. Les autres venaient et parlaient et les hommes ne les écoutaient même plus. Les hommes et les femmes du Pays-Haut étaient tous dans la rue. C'était en 1979, ils avaient envahi Longwy, retenaient un directeur, en otage diraient-ils – qui étaient vraiment les otages, qui attachés à cette terre et à leurs métiers par tous les liens : jamais appris autre chose, depuis l'âge de quatorze ans formés, formatés pour l'usine, pour cette usine-là, pour cette mine-ci, et même les maisons, les cités ouvrières, vendues parce que bientôt elles ne seraient plus rentables, et rachetées par les hommes qui les habitaient. Et soudain il faut partir.

Qui sont vraiment les otages.

Mais enfin, la police intervint. Voulut déloger les agitateurs. L'agonie fait du bruit. Voulait-on qu'ils se laissent achever en silence.

Alors ils prirent la gendarmerie d'assaut. En pleine nuit. Sortirent les engins de l'usine, de la mine, et marchèrent sur la gendarmerie au volant des pelleteuses. Il y eut des coups de feu. Des impacts de balles sur les murs. Terré à l'intérieur, le bras armé de l'État. Les CRS appelés en renfort. La bataille de Longwy ne fit pas de morts, pas tout de suite.

Tout de suite c'était plutôt la joie, l'exaltation de prendre en main son destin. Des hommes prenaient la parole, montaient à la tribune, et tous ils criaient : La Lorraine vivra !

À la radio, on n'écoutait plus que LCA, radio Lorraine Cœur d'acier, et partout fleurissaient les peintures sur les murs, les slogans.

Venant de Villerupt, pour arriver à Longwy, après avoir serpenté au milieu de la forêt, on tombait nez à nez avec un immense crassier sombre, qui semblait avoir été dressé par un dieu enfant. Si pointu, si parfait, on avait envie d'explorer ce mystère, d'y creuser des galeries car sûrement un trésor y était caché. Mais conscients du danger, jamais osé y mettre les pieds : à Audun, des gamins étaient morts asphyxiés sous la poussière du crassier, pourtant si blanc qu'on aurait dit une falaise normande au milieu des bois. Là, à Longwy, le crassier était noir, mais en haut, dans la nuit on voyait briller : « SOS ».

Un soir, en février, les syndicats s'emparent de l'émetteur de la télévision. À présent, les instruments symboliques du pouvoir étaient entre leurs mains. Alors quoi, la police. En pleine nuit ils surprennent les grévistes au milieu du relais, et les coups pleuvent, la bagarre, et le poste est repris. Les hommes du fer, rejetés à la rue pour avoir voulu parler, s'emparent de mégaphones et sillonnent la ville, ils crient qu'il faut se rassembler, ils crient la Lorraine ne doit pas mourir, qu'il faut se battre, et la foule silencieusement descend de ses fenêtres, s'empare d'un bulldozer, et assiège la gendarmerie. C'est une barricade, c'est une révolution, lorsque le grand ras-le-bol, d'être mené en bateau, de ne rien savoir, ras-le-bol de ne pouvoir croire personne, de se heurter aux visages fuyants, apeurés, étrangers de gens qui ne veulent pas comprendre que là-bas c'est la terre de ceux qui n'en avaient plus, de ceux venus de toute l'Italie, de toute la Pologne, et un peu d'Algérie. Ce n'est pas Babel, non, mais ces hommes sont frères. La fierté c'est avant tout la mine, ou l'usine, en tout cas leur travail. Tous ces hommes debout cette nuit-là, et en face, l'État giscardien.

La gendarmerie est muette, s'attend au pire. Les patrons et les cadres ont déserté leurs postes, peur d'être faits prisonniers, peur de devoir s'expliquer sur dix ans de mensonges, de faux-fuyants. On est entre hommes, on aurait pu parler. Ceux qui sont restés sont enfermés dans leurs bureaux. Le bulldozer s'avance vers la gendarmerie.

Personne n'est mort cette nuit-là. Mais il est passé un vent de quelque chose, quelque chose de vivant, de chaud, qui ne veut pas mourir, s'est produit, là, cette nuit. Les autres ont eu peur, pas les policiers, enfin peut-être, mais peut-être aussi connaissaient-ils les gars, les circonstances, peut-être en tout cas, une fois leur peau sauvée, comprenaient-ils mieux que d'autres ce pour quoi ils se battaient.

À l'école, l'institutrice aura-t-elle expliqué pourquoi pères et mères rentraient fourbus en ce début d'année, pourquoi ils étaient moins souvent là, aux côtés des enfants, qui n'y comprenaient rien, pour qui le monde entier n'était fait que de mineurs et de sidérurgistes. Tout le monde s'appelait Burini, ou Tondini, ou Melnyk. Ils ne découvriraient que plus tard l'altérité, l'étrangeté de ces noms-là, et qu'on pouvait s'étonner de l'origine de ces consonances polacko-ritales ou encore avoir peur d'un simple mot : « communiste ! ». Sur les bancs de l'école et encore du collège, rien de tout cela n'avait vraiment d'importance : tout le monde sortait de la même histoire. Certains professeurs s'évertuaient à faire étudier *Germinal*, sans réel succès. Manque de dépaysement. Ou simplement l'agacement des histoires cent fois racontées. Pourquoi remuer les terrils d'un vieux siècle quand toute l'histoire du fer était à sauver. La mémoire du passé le cédait à l'urgence du présent. Et peut-être au fatalisme.

Plus tard, une fois coupé le cordon nourricier reliant cette histoire-là aux plus jeunes, le roman ramènerait avec la mélancolie de l'enfance l'orgueil d'en avoir été. Mais jusque-là, quatorze, quinze ans, une seule hâte : partir, s'enfuir, mettre les voiles et quitter ce pays oublié des dieux, cette vallée mortifère, sinistre, où tout n'est que crise, passé, nostalgie, désespérance. Où l'avenir est derrière soi : chômage, ciel gris, cités minières qui s'affaissent sur les anciennes galeries éboulées. Partir, partir, car ailleurs c'était la vraie vie qui commençait, les lumières de la ville. Déjà à Metz, pourtant pas si lointaine, on oubliait bien vite et l'usine et la mine.

Lutte des classes

Il y avait des années qu'il travaillait sous ses ordres.

Monsieur était le directeur de l'usine où il était employé comme électromécanicien. Après son certificat d'études, on dit à son père que l'usine embauchait des électriciens, il passa donc en apprentissage. À l'école, il avait animé un journal et écrivait de la poésie. Souvent, pendant les postes, il récitait par cœur des fables de La Fontaine ou des poèmes de Victor Hugo, son préféré.

OS, il suivit des cours du soir, devint contremaître. Il utilisait sa propre voiture pour passer d'un site à l'autre. Ce pendant près de vingt ans. L'homme semblait la patience incarnée. Méticuleux, maniaque, ponctuel, scrupuleux. Sa femme savait cuisiner. Elle alla travailler chez Madame comme extra les jours de réception, et comme femme de ménage le reste du temps. En vacances, ils achetaient toujours un cadeau pour

Monsieur et Madame. La réciproque n'était pas vraie. Au moment où les choses commencèrent à prendre un méchant tour à l'usine, il s'agissait de faire des économies de bouts de chandelles. Monsieur avait mal géré son affaire. Ses comptes ne tombaient pas rond. Il demanda à son comptable de retirer quelques kilomètres de frais de déplacement à l'électricien, sous le prétexte que la distance de sa maison à l'usine n'avait jamais été vérifiée : s'agissait-il bien de quatre ou cinq kilomètres, et quelques centaines de mètres ? En tout peut-être deux cents francs sur sa paye. Et l'autre, après vingt ans, soudain releva la duperie, tout le mépris accumulé sous la carapace polie de l'autre, tout son dédain pour lui et sa famille, son fils handicapé, et malgré tout sa femme qui allait chez Madame faire à manger et le ménage, et là quelques francs, qu'il essaie de lui arracher, et son fils à l'hôpital, malade, l'autre le sait pourtant, alors pourquoi fait-il cela, comment peut-il faire cela, c'est que vraiment c'est la guerre, de mépris et de haine ; alors n'en pouvant plus il entre dans son bureau, et lui demande ce qui se passe, et l'autre lui répond de se calmer, il l'appelle par son nom de famille, directement, bien sûr, alors l'ouvrier en face lui répond cette fois sans lui dire Monsieur, qu'il s'est bien moqué de lui et de sa femme pendant toutes ces années, et la rage lui monte aux yeux, il l'attrape par le col de sa chemise et il le soulève et le plaque contre un mur et serre et serre il a envie de frapper mais se retient encore, une toute petite voix lui intime l'ordre de ne pas frapper, mais ne pas serrer ça il ne peut pas, il n'y arrive pas, heureusement le comptable est entré après lui, et s'agrippe à ses bras pour qu'il lâche prise, et il cède. L'autre reprend son souffle, sa contenance bouffie. Entreprend de le houspiller mais il lit soudain dans les yeux de l'ouvrier que celui-ci n'a plus rien à perdre, qu'il a compris qu'il n'a plus rien à perdre. Alors la peur. Il marmonne quelques mots et lui demande de sortir. L'ouvrier sort. Il ne sera pas renvoyé, de toute façon tout le monde part, monsieur le directeur le premier.

Deux cents milliards de francs. Pourquoi un gouvernement de droite s'est-il donné la peine de nationaliser la sidérurgie lorraine juste avant les fermetures, y engloutissant deux cents milliards de francs. Dès la fin des années soixante, des rumeurs de baisse d'activité circulaient parmi les ouvriers. Tout au moins cela aura-t-il permis aux descendants de Wendel, les barons du fer, et aux anciennes grandes familles, de se tirer à peu de frais d'une aventure qui avait pourtant fait la fortune de plusieurs générations de leurs rejetons. Enrichis grâce aux hommes du fer, puis sauvés des agacements des fermetures par la manne bienveillante du gouvernement...

Quel déchirement pour eux que de devoir retirer leurs billes de la sidérurgie patriarcale pour fonder une ordinaire holding, la Compagnie générale industrielle de participation. Mais la grande tradition familiale avait vécu, et devait s'adapter au monde moderne. En 1978, la CGIP revendit donc Usinor-Sacilor à l'État, pour un prix fort honorable, ne garda que les activités les plus rentables, s'étant débarrassée de toutes les branches sidérurgiques agonisantes pour investir ailleurs. Faut-il lire dans cet épisode douloureux l'origine de l'aversion des de Wendel envers l'État-providence... Déjà en 1968, des enfants des cités avaient jeté des pierres dans le parc du château de Wendel à Hayange, alors que n'eussent-ils fait dix ou quinze ans plus tard.

Certains pères, eux, garderont sur une étagère le livre relié de velours brodé d'or, hagiographie de la famille des maîtres de forges de Hayange : naissance, prospérité et bonheur social offerts à tous leurs employés, ou presque. Ainsi ceux qui savaient passer une vie de docilité pouvaient s'attendre à être récompensés : parfois une bourse pour l'un des enfants, parfois une place jalousée et tranquille. B.A.-BA de tout bon héritier : toujours savoir récompenser les éléments fidèles comme on flatte un chien docile, pour que chaque chose demeure à sa place.

Aragon

On parlait beaucoup littérature dans les réunions politiques.

Les éditions Messidor jouissaient d'une clientèle captive dans le vivier militant. Les représentants passaient dans les cités ouvrières avec sous le bras les œuvres complètes du camarade Aragon, reliées or et velours, l'histoire de la Révolution française de Jean Jaurès, les lourds volumes de Marx. Celui-ci avait une place prétendument d'honneur dans la bibliothèque des sympathisants : les innombrables tomes trônaient, inaccessibles, dans les plus hauts des rayonnages, soutenus par les petits bustes d'un Lénine de cuivre. Sporadiquement, un titre se détachait, de couleur vive brisant avec la monotonie des collections : *Il ne m'est Paris que d'Elsa* plongeait certains visiteurs dans la perplexité, mais la voix du prince des poètes était infaillible. C'était un honneur qu'il faisait à la classe ouvrière d'accepter d'être son porte-parole, et quelle parole. D'autant qu'il était parmi les rares qui étaient restés, alors que tant d'autres, compagnons de route un temps, s'en étaient allés, pourquoi, on en parlait très peu, les raisons en étaient lointaines, mystérieuses et tristes. Ils avaient cessé de croire, perdu la foi sans doute. On apprenait « La rose et le réséda », et cette plante mystérieuse, par la grâce de l'allitération, devenait emblème des classes laborieuses luttant pour libérer la liberté.

Celui qui croyait au ciel
Celui qui n'y croyait pas
Tous deux adoraient la belle
Prisonnière des soldats
Lequel montait à l'échelle
Lequel guettait en bas
Celui qui croyait au ciel
Celui qui n'y croyait pas...
Un rebelle est un rebelle
Nos sanglots font un seul glas.

L'opération

Mais comment, puisque tu es allé là-bas, tu n'as jamais rien remarqué ? Tu ne t'es pas rendu compte de quelque chose ?

Ça y était, c'était reparti. « Là-bas » revenait envahir leur histoire, et cette petite chambre d'hôpital aux murs jaunes qui surplombait la campagne nancéienne. Il fallait faire une heure et demie de route pour rejoindre le service cardiologie où il attendait d'être opéré. Il patientait depuis trop longtemps et cela lui laissait trop de temps pour réfléchir aux informations qui filtraient par la petite lucarne de la télévision. Réfléchir à ces années passées, ces années de lutte, ces grèves, et ce bilan globalement désespérant, désespérément désespérant.

– Bien sûr, que l'on se rendait compte, mais on se disait que cela s'améliorerait avec le temps, que la liberté d'expression viendrait plus tard, que pour le moment, il fallait apprécier les progrès dans l'éducation, la santé, et l'accès à la culture pour tous. On se disait peut-être que les gens n'avaient pas énormément de choix dans les magasins, mais ils ne mouraient pas de faim, et on voyait le peuple au Bolchoï! Nous en France, nos magasins étaient pleins, mais on ne pouvait pas acheter grand-chose avec nos salaires. Et puis, est-ce que la société de consommation était vraiment un modèle, un idéal ?

Mais les goulags ? Des exilés en avaient parlé, tout de même, et pas seulement des ennemis déclarés, des koulaks ou d'anciens nantis amers d'avoir été dépossédés, mais surtout beaucoup d'anciens communistes, dégoûtés et désabusés...

– On ne les croyait pas. Sincèrement, on ne les croyait pas... On ne pouvait pas les croire. On pensait qu'ils étaient passés de l'autre côté, qu'ils mentaient pour discréditer l'expérience communiste. C'était tellement inimaginable pour nous. Nous, nous étions des ouvriers français, ou italiens, nous pouvions aller en URSS, et visiter des usines : les ouvriers semblaient heureux, nous ne parlions pas russe, nous étions toujours accompagnés par des guides. Et puis même, moi j'en ai connu, des Russes, qui nous parlaient...

– Je ne dis pas qu'on a été des victimes, mais pour nous, on travaillait comme des brutes à la mine, à l'usine, être traités de bolcheviques, c'était une fierté, ça voulait dire que l'on refusait un système qui ne tenait que par l'exploitation, l'exploitation de l'homme par l'homme. Combien d'ouvriers sont morts au laminoir, combien de mineurs sont restés au fond, depuis cent ans que la Lorraine avale ses enfants et rend de la poussière ? Comment savoir que les bolcheviques, une fois au pouvoir dans les pays de l'Est, étaient devenus à leur tour des exploiteurs, des petits patrons, et étaient les nouveaux privilégiés, au nom de l'abolition des privilèges. Marx pour nous, c'était l'espoir. Nous, la lutte des classes, on la vivait au quotidien, l'exploitation, on la subissait à l'usine, à la mine, tous les jours. Il n'y avait pas besoin d'aller bien loin, c'étaient pas des mots, c'était notre vie, chaque journée passée. Des gars mouraient de cancers du poumon, et on leur disait que c'était à cause de la cigarette, pour ne pas reconnaître les maladies du travail. Dans la ville aussi, on la voyait, en haut il y avait les directeurs, dans de grosses maisons de maître, avec des domestiques, et en dessous les ingénieurs, avec de grandes maisons mitoyennes, plus bas les contremaîtres, et enfin tout en bas les cités minières. Maintenant, les ingénieurs, les directeurs, et encore plus les patrons, ils sont tous partis. Même les de Wendel à Hayange, il y a une autoroute dans le parc de leur ancien château. Ils s'en foutent, ça fait bien longtemps qu'ils ne mettent plus les pieds ici. Mais les retraités de la sidérurgie sont restés.

On en voit encore souvent, de ces préretraités de quarante-cinq, cinquante ans, fantômes sociaux dans une architecture hiérarchisée pour une autre époque. Ils errent l'après-midi, jeunes encore et suspendus au-dessus du vide, incrédules souvent d'avoir survécu à l'apocalypse, le cœur chargé de nostalgies désuètes et de souvenirs dont personne ne veut.

Tu n'as pas mal au cœur, quand tu penses à tous ces meetings, à tous ces discours, à l'énergie dépensée pour des idées que maintenant on vous jette au visage comme une opprobre...

– Nos idées nous ont permis de faire avancer les choses, au travail, partout. Pour l'Algérie, la peine de mort, les droits des femmes, on a toujours été à l'avant-garde. Si l'on n'avait pas eu cet idéal, on aurait été lessivés par le boulot, comme beaucoup aujourd'hui, abrutis aussi par la télé.

Les mines ont fermé, l'URSS n'existe plus...

Il s'impatienta, s'agita sur son lit, les mains virevoltant en tous sens.

– Je n'ai de leçon à recevoir de personne, mon père est mort dans les camps de concentration allemands, moi j'ai fait la guerre d'Algérie, trente-deux mois, comme appelé alors que j'étais pour l'indépendance, et que j'étais pupille de la nation, mais les communistes, à l'époque, ils devaient faire leurs preuves, et tant mieux s'ils y restaient. Au moment du putsch, on en avait tellement marre, on a pris notre général en otage, il était pas net, mais il a retourné sa veste au dernier moment, et j'ai fait deux mois de trou. J'ai donné ma part, et je suis fier de mes idées. Je suis fier.

– Quel mal avons-nous fait. Aucun. Travaillé toute une vie, comme des brutes. Dix mille vies. Et quand il s'agissait d'aller se battre, faire la guerre que les autres avaient déclarée, on y allait encore. On allait encore mourir pour ceux-là qui restaient à l'arrière, les collabos, les planqués. En 14 d'abord, ça a commencé. Valait mieux être du bon côté, du côté où on ramasse les médailles plutôt que les coups. Et puis en 40, ça a recommencé, et encore pire qu'avant. Après y a eu l'Algérie, nous on était contre. Ceux qui avaient fait des études, eux, avaient des reports, et de report en report, ça allait. Nous, même pupilles de la nation, rien à faire, mineur c'est tout, alors au charbon. Trente-deux mois. Dans le désert, à Tlemcen. Trente-deux mois, ça fait deux ans et demi, dont deux mois de trou pour avoir désobéi aux ordres d'un général félon. Pour une fois qu'on écoutait de Gaulle. Mais l'autre, notre général, il avait senti le vent tourner. Et c'est sa veste qu'il a retournée. On a fini au trou. À l'époque, il suffisait d'avoir le bac, et alors préparation militaire, on commandait le troufion, l'ouvrier, comme à l'usine. Combien de bacheliers en 1959 ? 10-15 % ? Vous croyez qu'ils ne l'auraient pas mérité, moins intelligents, moins sensibles à la poésie ? Juste les matières techniques, bonnes pour le travail, et l'orthographe, bien sûr, les lauriers du pauvre, l'orthographe irréprochable, pas une erreur. La police de l'écrit. Être agréable à celui qui vous lit. Ne pas laisser trahir, sauf justement peut-être dans cette obsession-là, de la perfection, dans cet excessif respect de l'autorité d'en face, sinon ne pas laisser trahir l'origine populaire, et la pauvreté, la misère, non, ne pas mettre mal à l'aise celui qui vous lira. Désagréable, une lettre bourrée de fautes. Les fautes, des péchés contre les beaux mythes égalitaires. Très embarrassant, une lettre maladroite, on prend pitié, on a envie de dire non, ça y est, c'est fini, on ne voit plus que cela, les fautes, et l'on oublie tout le reste, le fond, l'idée. En Algérie, les camarades avaient des marraines, de petites Françaises en robe vichy qui écrivaient aux soldats pour le moral des troupes. Il fallait répondre, et parmi les gars, beaucoup d'illettrés, ne savaient pas comment s'y prendre, voulaient une belle lettre, pour leur marraine, alors lui il leur rédigeait. Il les aidait un peu. Jouer les Cyrano, ça l'amusait. En trente-deux mois combien de lettres ? Trente-deux mois et même pas de quoi se payer le bateau pour rentrer en France en permission. Son frère avait été obligé de vendre un couteau offert par sa mère pour régler son billet de retour, son frère n'en pouvant plus de la guerre, voulant retrouver femme, fiancée, bientôt maman d'une petite fille, alors seulement il avait pu rentrer, soutien de famille, et lui avait pris sa place. Vendu son couteau pour rentrer en permission, parce que la solde était insuffisante pour ça. Alors que les autres, avec un diplôme, après leur PMS, étaient assurés d'une solde au moins décente. Dix fois plus. De quoi vivre et passer son ennui de cette guerre enlisée dans les sables du désert de Tlemcen.

La nuit, parfois, conduire le colonel dans le djebel, la peur au ventre. Prétendument pour une partie de chasse. Peut-être pour négocier avec les fellaghas. Il partait et laissait son chauffeur seul, au milieu des montagnes, recroquevillé au fond de sa Jeep, grelottant sur son PM. Barricadé, à l'affût du moindre bruit, ridicule et absurde soldat français planté dans les montagnes algériennes. Une seule envie : rentrer chez soi. Une nuit, un bruit de moteur se rapproche. Le terrorise. Une auto sur la route, venant d'en face, c'est-à-dire de nulle part. Il n'y a rien que le désert de ce côté-là de la nuit, et ce, sur des centaines de kilomètres. L'angoisse monte. Mais une voiture seule, ça ne devait pas être des fellaghas. Les deux phares blancs s'arrêtent à quelques mètres de la Jeep. Un soldat vociférant en descend. Uniforme de la légion. Il hurle en allemand. S'approche de la Jeep. C'est un légionnaire, soûl comme un cochon, les yeux injectés de sang. Méchant comme une hyène. Comme ceux qu'il a vus tirer sur la foule dans les rues pleines de monde. Comme ceux qui torturent les prisonniers dans les sous-sols des casernes. L'électricité sur les parties génitales. Le légionnaire s'approche, se jette sur la porte, l'ouvre et l'attrape par le col, il lui crie quelque chose, le secoue violemment. Lui répéter qu'il est un soldat français, en mission, mais l'autre se fiche des appelés de l'armée française, ce n'est plus qu'une brute ivre de violence et d'alcool qui a trouvé dans le désert un refuge et un territoire de chasse pour sa haine. Les images s'emmêlent : c'est la guerre, et d'autres soldats allemands qui entrent chez eux et frappent sa mère, il a six ans. Que lui veut-il ? L'autre hurle toujours en allemand et lui décoche un coup de poing au visage. Puis part d'un énorme éclat de rire. L'appelé a roulé au fond de la voiture, il a peur, il va mourir. Et toujours ces cris en allemand, et sa mère, qui pleure et supplie, mais lui trop petit, ne peut rien faire, se cacher. Sa mère, là-haut, toute seule, qui l'attend, depuis tant de mois, elle ne saura jamais la vérité, madame nous avons le regret tatatatata... votre fils est mort, tué dans une mission, les fellaghas, les Arabes, la nuit. Non, il ne veut pas cela, pas deux fois, son père d'abord, et lui maintenant, non. La rage monte au creux de son ventre, la haine qui sourd depuis des mois contre ces brutes épaisses qui sèment la terreur dans les villages. Il ramasse son fusil et pendant que l'autre grogne et vocifère il arme et tire.

Le légionnaire tombe. Sa main à lui tremble.

Il lui aura fallu quelques secondes pour renverser le scénario, déplacer sa Jeep d'une centaine de mètres après avoir dissimulé l'autre voiture et le cadavre derrière une colline caillouteuse. Demain les fellaghas auront attaqué et tué un légionnaire de l'armée française, dans le désert au sud de Tlemcen. Personne ne se posera jamais de questions. Et lui n'aura aucun regret, jamais.

L'hôpital

Allongé sur son lit d'hôpital, il regardait le plafond, les yeux perdus, ailleurs, à des milliers de kilomètres plus à l'est. Comment pendant toutes ces années ne pas avoir compris. Ils avaient été trompés, eux aussi, leurrés, roulés dans la farine ? À la radio, on entendait les nouvelles du coup d'État. Les généraux de l'armée Rouge tentaient une reprise en main par la force. On voyait de nouveau des chars, comme en 56 à Budapest, comme en 68 à Prague, et partout ailleurs.

Sa femme le regardait, désemparée :

– Tu ne peux pas penser à autre chose ? Tu ne crois pas qu'on a assez donné, maintenant c'est fini. Pense un peu à toi.

– Nous n'avons pas fini de liquider cette histoire. Il faudra des années. On ne peut pas faire comme si tout cela n'avait pas existé, notre espoir, nos luttes, jour après jour. On peut pas balayer tout cela d'un revers de manche, comme ça, et se dire que l'on s'est trompés.

– Mais cela ne sert plus à rien de ressasser. C'est fini le Parti, les gens ne veulent plus se battre.

– Mais pourquoi le Parti est fini ? Parce qu'il nous a menti, tous trahis. Il ne peut pas continuer comme si de rien n'était, sans faire un grand nettoyage, et mettre sur la table toutes les erreurs et les compromissions du passé. Il y a eu des millions de morts là-bas, et pendant ce temps, nous, on se battait ici pour la cause. Nous ne sommes pas responsables de ce que les Russes ont fait dans les goulags : nous n'avons jamais voulu cela, ni toi ni moi. Moi je n'y ai jamais cru. Mon père est mort en camp de concentration, parce qu'il était résistant, et communiste. Moi je me suis battu toute ma vie pour un idéal, le partage et la justice, pas pour un régime totalitaire.

– Si tu pars comme ça, tu sais bien qu'on va te jeter au visage la dictature du prolétariat...

– Mais le prolétariat c'est l'ensemble du peuple, sans exclusion, pour moi la dictature du prolétariat, c'était l'homme au-dessus de l'institution, l'expression directe du peuple, la démocratie jusque dans les entreprises. Tu crois que ce n'est pas la forme moderne de la tyrannie, toi, les petits despotes de l'entreprise, les DRH et managers comme ils disent, tu crois que c'est mieux que les seigneurs du Moyen Âge, toi, les gens qui tremblent du matin au soir pour leur place, qui ne savent pas d'une semaine à l'autre comment ils travailleront et combien ils seront payés ? Tu ne crois pas que la démocratie et la liberté, les gens y ont droit aussi sur leur lieu de travail ? Ils ont gagné, ils ont imposé leur système partout dans le monde, mais ça ne leur suffit pas, ils veulent être sûrs que jamais, demain, la contestation ne recommencera, alors il faut faire croire aux gens que ce sont eux qui ont gagné, que c'est la vérité qui a triomphé ! Nous, nous avons tiré les leçons du passé, on ne nous servira pas la vérité sur un plateau rouge, mais eux, ils y croient encore, et leur idéologie, elle va encore en faire des victimes. Ils nous font croire que c'est la vérité, mais c'est exactement ce que faisaient les Russes : voici la vérité, si tu n'es pas d'accord c'est que tu te trompes. Que disent-ils d'autre aujourd'hui ?

– ... Ils ne comprendront jamais.

– Ils ne comprendront jamais quoi ?

– Que nous ayons pu soutenir un tel régime. Nos petits-enfants, ils nous le reprocheront. Ils auront oublié les conditions historiques, le contexte, on ne leur dira que ce qu'on voudra bien leur dire, et ils croiront que nous étions des monstres.

– Mais non, nous, on leur expliquera.

Une fois de plus, elle s'énerva. Elle cherchait,

creusait dans ses souvenirs, pour y trouver les signes avant-coureurs, les preuves de sa lucidité, comme un homme serait passé dans la rue d'un crime sans y avoir rien vu, se tourmenterait ensuite pour reconstituer des bribes de souvenirs anodins sans pouvoir atteindre l'essentiel, le visage du coupable. Elle se disait que, si on voulait bien les écouter, ces leçons-là valaient peut-être la peine d'être entendues, et que l'humanité pourrait sortir grandie de ses erreurs. Mais non, on nous rebattait les oreilles de la modernité pour mieux continuer avec les bonnes vieilles méthodes : le plus fort fixera les règles du jeu, et distribuera les cartes, pour ensuite s'étonner de la malchance du plus faible. Le hasard. On n'y peut rien, c'est comme ça.

– Mais toi tu es allé là-bas, tu n'as rien vu ? Tu n'as pas compris.

Il ferma les yeux. Se remémora ses voyages, en URSS, en RDA, à Prague. C'est sûr, il y avait bien des choses qui clochaient. La bureaucratie, partout, les évasions de sportifs en tournée, le je-m'en-foutisme, les lavabos posés de travers dans les hôtels, les standardistes qui demandaient de revenir dans une heure, parce qu'une heure après elles étaient parties, et puis l'alcoolisme, le marché noir, une boîte de caviar contre une paire de bas. Malgré tout, malgré les petites comme les grandes choses, il n'avait pas compris.

Il n'y avait qu'en Roumanie que les choses avaient été très claires : à ses yeux une saloperie de tyrannie qui n'avait de communiste que le nom. C'est comme ça qu'il s'en était tiré. Dégoûté et horrifié par ce qu'il avait vu, mais ce n'était pas le communisme.

Le communisme, c'était toujours ailleurs, toujours demain. Comme au pied de l'arc-en-ciel on trouvait un trésor qui se dérobait toujours, le communisme réalisé vous échappait sans cesse. C'est pour cela qu'ils avaient tant de mal, aujourd'hui, à entendre les discours de ceux pour qui communisme et nazisme étaient semblables. Il ne pouvait pas accepter ça. Son père était mort dans un camp de concentration, en Allemagne, à Bergen-Belsen. Et lui, il s'était battu toute sa vie pour un peu plus de justice sociale, de paix et de bonheur partagé, pas pour des goulags ni pour donner des privilèges à la nomenklatura. Il se sentait profondément communiste, cela le prenait aux tripes et il aurait voulu crier qu'il était un rouge, et que cette idée était généreuse et juste, mais il savait qu'il ne serait pas compris. L'infirmière entra précipitamment dans la chambre. Elle regarda sombrement sa femme :

– Que se passe-t-il ici ? Pourquoi vous vous énervez ? Vous savez qu'il faut vous surveiller, alors calmez-vous. Je vais prendre votre pouls.

Sa femme la regarda d'un air las. Sans doute

elle croyait qu'ils s'étaient disputés. Si elle savait que leurs disputes n'étaient rien, qu'un misérable petit tas de secrets, d'intimité, et que seul valait leur engagement, leur lutte quotidienne. Que pendant des années, cela avait marché comme cela : leur individualité ne comptait pas à côté de la cause, et s'ils s'engueulaient, c'était pour des raisons politiques. Le reste n'avait pas d'importance, c'était une perte d'énergie. Pour elle, à présent, chacun se repliait sur sa petite intimité étriquée, la montagne ou la mer, une Fiat ou une Renault, et avec tout cela se construisait une petite personnalité qui le réjouissait, unique, inestimable. On se gavait de « sensations » pour pimenter quoi ? Elle, elle ne voyait pas bien ce que cela changeait, ce que cela apportait au débat.

– Tu devrais dormir, maintenant, Angelo.

– Nous n'étions pas des monstres. Maintenant, ils disent cela pour nous discréditer. Ça les arrange bien, mais nous, nous voulions juste un peu de justice...

– Je sais, je sais. Dors. Tu as besoin de te reposer. Et puis, tu sais, en France, nous avons obtenu de grandes choses grâce aux luttes : notre système social n'est pas si mal.

– Oui, mais maintenant, ils pourront tout remettre en question, et personne n'osera plus rien dire sous peine d'être accusé de...

Ses paupières étaient lourdes. Il ferma les

yeux. Elle, elle savait de toute manière. Depuis longtemps. Elle avait compris avant lui, et avait cessé de prendre sa carte au Parti dès... dès quoi ? l'invasion de l'Afghanistan peut-être. Il ne s'en souvenait plus très bien. En fait, il avait continué à payer ses cotisations pour elle, sans le lui dire.

Au Luxembourg

Il y avait deux semaines qu'elle était arrivée à Paris. Avec les amis qui avaient réussi le concours en même temps qu'elle, elle sortait, découvrait la Ville. Vous êtes ici pour vous cultiver, sortez, allez au théâtre, au cinéma. Vous avez quatre ans devant vous pour cela, c'est cela que l'on attend de vous.

Ils étaient sympathiques, tous, et intelligents, pas prétentieux, pas arrivistes. Tout à coup, on n'avait plus rien à faire, qu'à discuter des heures au café en fumant et en buvant des bières. Dans des cafés sales, petits, entassés, même Paris, elle trouvait pas ça joli, au début, les maisons un peu tordues, ou bien les grands immeubles où il n'y avait que des chambres de bonne. Elle était à l'internat. Ça parlait politique, pas mal. C'était drôle, les garçons surtout étaient drôles. L'ironie, ça la changeait. Et puis, c'était grisant de n'avoir rien à faire qu'à créer des concepts, et d'être payé pour ça. Un peu bizarre, mais enivrant. Le sens de l'absurde n'avait aucun sens. Ses camarades de classe ne s'enflammaient jamais. Il y avait la même charge littéraire dans un article de *Vingt ans* que dans le *Contre Sainte-Beuve*, et plus de profondeur révolutionnaire. Une élève était morte d'anorexie dans sa chambre l'année précédente. Quelle est la différence entre éducation et enseignement. La nouvelle. L'Orient a toujours été pour les Romains l'altérité dangereuse et fascinante, toute l'histoire romaine peut être analysée à l'aune de la dialectique entre Orient et Occident, pourquoi Titus rejette-t-il Bérénice, parce qu'elle est reine, et que la royauté est un tabou depuis – 509, mais aussi parce que c'est une Orientale, César est accusé d'avoir été l'amant du roi de Bithynie, mais surtout d'avoir été son amant passif, efféminé, l'Orient, c'est la femme, l'art, le luxe, l'oisiveté, Rome c'est le travail, le sérieux, les gouttes de sueur sur le front des péplums, une civilisation de paysans-soldats, les vrais artistes, c'étaient les Grecs, les Romains n'ont rien inventé, ils avaient le génie de l'assimilation, Cléopâtre et Marc Antoine contre Octave, encore l'Orient, toujours écraser la part orientale en eux, refuser cette fascination pour la légèreté, première esquisse du capitalisme, labor omnia vincit, construire les enceintes de la ville, les murs, les égouts, le droit, se protéger contre soi, la symétrie, l'ordre, le chaos est dangereux, il faut domestiquer les dieux, ouvrir, fermer les portes du temple, le premier jour, réunion d'accueil, professeur référent, futur caïman, bienvenue, remplissez les fiches de renseignements, lycée où vous avez fait votre prépa, profession des parents, j'attends toujours le jour où un fils de mineur du nord de la France intégrera Normale sup. Elle avait baissé la tête. Finalement, cela ne servait à rien. Il n'y a pas de problème. Et puis, elle ne venait pas du Nord. Vite passer là-dessus, d'ailleurs quelle importance, fils de bourgeois ou fils de rien, les ouvriers sont une vue de l'esprit, la classe ouvrière s'alliera à l'avant-garde éclairée. Ce n'est pas important. Nous sommes tous semblables, nous, universitaires, avocats, présidents, tous leurs enfants là ensemble parce qu'ils avaient réussi, c'est tout, l'intelligence au pouvoir, c'était fait, c'était là. Mais c'est venu petit à petit. Tu n'as pas honte de demander l'APL, on est payés quand même. Pardon. Pardonnez-moi. Je ne savais pas. Peu à peu, plus moyen de ne plus y penser. Au début, s'endormait devant Dreyer. N'osait pas l'opéra. Quand faut-il applaudir, entre les scènes ou entre les actes ? Ça vient petitement. Ça se glisse sans qu'on y prenne garde. Et puis, là, c'était fait, vite, finalement. Elle y pensait tous les jours désormais, tout le temps. Son obsession. Tout ce qui ne lui était pas naturel faisait de plus en plus mal. Une ombre de différence, comme un goût de râpeux dans la bouche, chaque fois. La fierté même était douloureuse. Ça ne la quittait plus. Penser à sa famille, aux habitudes et à la vie qui avaient été elle, enfant, devenues étrangères, pire, impensables à présent, inappropriées. Deux vies, l'une pour les siens et l'autre pour elle. Rien de psychologique, que du social. C'est tout. Tous les jours, y penser, toutes les personnes rencontrées, leur demander, incidemment, sans qu'ils y prêtent attention, et chaque interrogation confirme le verdict, même ceux qui se prétendent des de rien, il faut gratter et on finissait toujours par trouver quelque chose, un oncle médecin, une mère avocate, un père professeur d'université. Même les fils d'instituteurs lui semblaient privilégiés, parce qu'ils étaient « dedans ». Auparavant jamais posé la question, c'était depuis Paris. Une seule terreur, tenace, un jour peut-être elle jugerait ses parents. Un jour trouver ridicule cet accent lorrain pas remarqué jusque-là, et sans doute reçu en héritage puis soigneusement dissimulé. Un jour honte de sa culture, et n'en plus parler, devant eux, pour qu'ils ne se sentent pas exclus. Évoquer de moins en moins ce qu'elle faisait, ce qui lui plaisait, la philosophie, et ainsi insidieusement les exclure. Pourtant ils en étaient curieux, lui posaient des questions. Elle, gênée. La conscience, la liberté, le travail, l'engagement, l'aliénation, la morale, ça les concernait, c'étaient eux, mais c'était tout ce langage. Justement parce que c'étaient eux, la distance devenait impossible. Ces mots dans le vide, elle qui parlait et qui n'avait jamais rien fait, rien de ses mains, jamais travaillé, comment pouvait-elle leur parler de tout ça alors qu'eux vivaient, tous les jours, et se battaient. Quelle légitimité. Aucune. Irrémédiablement passée de l'autre côté. Avait accepté une mission sans retour. Trahi par loyauté à la cause, trahi par fidélité, trahi parce que leur être fidèle impliquait de les trahir. Programmée pour violer sa propre enfance. Putain de glorieuse mission suicide que ses parents lui avaient de toute éternité confiée : réussir, faire des études. Agent double. Janus. Athéna sortie tout armée du cerveau de son père. Et au lieu des sciences, l'espace, ou le journalisme, qu'ils avaient imaginés pour elle, c'était la philosophie. Quoi de pire. La philosophie, rien de plus nécessaire et de plus étranger à leur monde. À la fois inaccessible et abyssale sous leurs pieds, respectée parce que désintéressée et intellectuelle, si opposée à l'état d'esprit des patrons, anticapitaliste, la philosophie était fascinante mais les philosophes insupportables dans ce monde d'ouvriers. Déjà les moqueries allaient bon train sur les professeurs du collège, sur leurs manières de s'habiller défiant l'élégance, sur leur ignorance de la vraie vie, du travail; surtout que certains avaient organisé une visite de la mine et en étaient ressortis satisfaits au bout d'une heure, déclarant que ce n'était finalement pas si terrible de travailler au fond. Même les plus intelligents parmi les profs échappaient à peine à quelques sarcasmes. Mesquineries de bon aloi. Leur mode de vie, pour tous ceux qui, autour d'eux, s'étaient arrêtés au certificat d'études, semblait par trop égoïste, mais plus encore saugrenu.

« *J'avais, j'avais ce goût de vivre chez les hommes, et voici que la terre exhale son âme d'étrangère.* »

Deux papes se disent

Sa silhouette se dresse, reconnaissable entre toutes : une masse de pierre ocre, d'un brun foncé qu'on aurait mêlé de gris et de noir pour le rendre plus triste encore. Et deux tourelles qui s'élèvent vers le ciel, brutalement freinées dans leur ascension par la pesanteur matérielle de la pierre, la lourdeur du paysage. Rien de léger, d'aérien, rien de bucolique non plus, pas de ces petites chapelles du sud de la France, jetées sur la route au hasard du pèlerin comme cailloux du Petit Poucet, pour lui rappeler son chemin; petites fleurs de pierre claire de connivence avec le fidèle, à sa mesure. Rien non plus de comparable à la majesté des cathédrales gothiques de Champagne, ou même – plus proche encore – de Metz la toute vitrée. Ici l'Allemagne a oublié Mozart, et l'architecture ne semble rien d'autre que germanique. Sévère comme le calvinisme, écrasante comme le patriarcat local, est à la religion ce que la cité ouvrière est à la sidérurgie. Maintient les esprits et les âmes au ras du sol lorrain, le nez bien à plat dans la poussière de ces rouges terres ferrifères. Les deux tours jumelles sont surmontées d'une couronne plate. Une étoile à huit branches posée comme un couvercle. Rien ne s'élève, rien ne s'envole : il manquera éternellement une flèche à cette église-là. Dans ce pays de concordat, qui, la Moselle étant allemande, avait échappé en 1905 à la séparation de l'Église et de l'État, c'est à ce dernier qu'incombent les deniers des cultes. Les officiants sont fonctionnaires et le catéchisme est enseigné dans les écoles communales. Bien sûr, la dispense est possible. C'est alors l'heure de liberté où enfants musulmans et fils de camarades se retrouvent dans la plus petite salle de l'école primaire. Comme il fallait bien trouver quelque chose à faire, on apprend l'italien... Encore qu'en Lorraine, communisme et catholicisme fassent assez bon ménage – 80 % d'Italiens. Et pour rassurer les grand-mères, certains sont prêts à quelques compromis avec l'opium du peuple.

Sur la photo en noir et blanc, un groupe de joyeux drilles en costume pattes d'éph et minijupe à cuissardes. Un bébé joufflu trône au milieu, en robe blanche à dentelles, pendant que les convives se répartissent sur les escaliers au sortir de ce qui semble avoir été une messe. Ce ne sont pas les marches de l'église pourtant, mais celles de la mairie. C'est écrit en gros au-dessus des invités. La grand-mère, en bas à côté du père, en est toute renfrognée. Se prête de mauvais gré à la cérémonie païenne. Et encore n'a-t-il pas fait ça sur le carreau de la mine... Où est-il allé chercher pareille idée. Baptême républicain, pff... C'est la première fois qu'ils voyaient ça, tous. Un inédit à la une du Livre d'or. Depuis 1793, personne ne semblait se souvenir que cela existait. Cent quatre-vingts ans. En son for intérieur la vieille Italienne se demande si tout cela ne risque pas d'envoyer la petite âme en enfer, au cas où, en tout cas dans les limbes. Elle qui en a perdu deux, des enfants, pense qu'on n'est jamais trop prudent avec la religion. C'est son fils qui refuse. Testaccia. Ce n'est pas faute de l'avoir envoyé à l'église, pourtant, lui aussi, quand il était petit, et même enfant de chœur, communion en gants blancs. Mais ensuite, à la mine, ses camarades ne se sont pas fait prier pour lui rappeler son père communiste, son père mort dans les camps. Il faut dire que le curé l'a braqué en lui répétant qu'il devait toujours respecter les maîtres, Monsieur le Directeur et Monsieur le Maire, même lorsque Monsieur le Maire l'avait giflé et traité de sale petit Rital parce qu'il jouait dans la rue et que son ballon avait éclaboussé la robe de

Madame. Depuis ce jour, s'était juré vengeance. C'était juste après la guerre, et personne n'ignorait que ces petits-là étaient les filles et fils des quatorze mineurs déportés.

Déjà du temps où lui était en vie, elle avait pris sur ses épaules la charge spirituelle de toute la famille, maintenant elle continuait. Quelque temps après la révolutionnaire cérémonie secrètement réprouvée, elle entraîna sa fille cadette dans une opération clandestine visant à garantir le salut de sa petite-fille. L'enfant leur avait été confiée pendant une journée. Elles l'enveloppèrent soigneusement dans un joli drap blanc qu'elles recouvrirent d'un tissu sombre. Elles sortirent le landau de la fillette qui dormait, et firent mine d'aller en promenade. Dehors les voisines les apostrophèrent :

– Guglielma, come stai ? E la bombolina, che carina !

– Eh, il faut bien profiter des derniers jours de soleil !

Quand elles arrivèrent derrière l'église, elles examinèrent soigneusement les voitures, pour prévenir une rencontre inopinée avec le père, peut-être en réunion à la mairie, juste à côté. Aucune ne ressemblait à la sienne. Il leur restait à entrer dans l'église, en pleine grand-rue, sans être reconnues. Une petite porte latérale était ouverte, et elles l'empruntèrent. Une fois dans l'église, là encore, se montrer discrètes; pas question que le curé remarque le stratagème et en tire gloriole aux dépens de son communiste de fils, premier adjoint du maire désormais. Cela pourrait faire rire, et elles voulaient bien sauver l'âme de la petite mais pas au prix de la réputation de son père. Heureusement, l'église était déserte. Alors, très vite, elles sortirent le bébé de son châle noir, et se dirigèrent vers le baptistère. Là, après une patenôtre et quelques prières en italien que la pauvre gamine n'en pouvait mais, la nonna prit de l'eau bénite dans sa main, en imbiba le front de la petite-fille et y dessina une croix, viatique pour le paradis. La cérémonie se termina par une génuflexion et tout ce petit monde quitta l'église dubitatif mais rassuré.

Cette dévote escapade fut longtemps tenue secrète jusqu'à ce qu'un jour, n'y tenant plus, la grande sœur avoue à son frère la conjuration maternelle. Il se fâcha un peu, pour le principe, se moqua surtout gentiment de sa mère et de ses manies.

D'ailleurs chaque année, c'était lui qui lui disait quand partait le pèlerinage à Lourdes, et immanquablement elle demandait alors à l'une des dévotes du convoi de lui ramener une bouteille d'eau bénite. Immanquablement, celle-ci rapportait une Vierge Marie de plastique blanc emplie du saint élixir et couronnée d'une auréole bleue en guise de bouchon. Et immanquablement, le petit-fils recevait dans les jours qui suivaient une onction d'eau bénite sur sa hanche malade – certaines de ses amies en aspergeraient jusqu'aux boutons d'acné de leurs petits-enfants prépubères...

Elle n'osait pas, elle, se contentant en guise de bénédiction d'attribuer à chaque membre de la famille, et par photographies interposées, un saint ou un pape protecteur, selon un ordre et une logique à jamais mystérieux. Ainsi dans son armoire la photo du petit-fils malade épousait maladroitement celle de Jean-Paul II, le nouveau pontife, forcément plus puissant et plus efficace puisque contemporain. Le fils impie reposait sur la foi inébranlable de Paul VI. Jean XXIII lui aussi était convoqué comme patron de la petite-fille au baptême peu orthodoxe. La famille étant nombreuse et la photographie un art pas si ancien au vu de la longévité des papes, on avait été obligé d'adjoindre certaines images pieuses, des saints, des anges, aux membres les moins favorisés de la grande tribu. Pie XII était à l'index mais certaines images d'Innocent III semblaient avoir résisté aux années et protégeaient la photo du mari, coincée dans la vitrine du buffet du salon entre la susdécrite vierge de Lourdes et un service à café à l'effigie de Napoléon rapporté d'un voyage en Corse organisé par la mutuelle des Mines.

À présent elle ne voyageait plus, mais plus jeune ça oui, elle accompagnait ses enfants chaque année en Italie. Ils retrouvaient leurs cousins restés au pays. Ce pèlerinage annuel était toujours le même : même plage de la côte adriatique, même pension de famille, sauf lorsqu'il arrivait que les quatre enfants réunis louent ensemble une maison, et pratiquement mêmes lits de plage, puisqu'il semble là-bas inconvenant d'aller poser sa serviette sur le sable public. La bagnina qui distribue les parasols est devenue une amie, de même que le patron de l'hôtel. Chaque année c'est la transhumance, et au mois d'août Villerupt et Audun se transportent à Rimini ou Cattolica. Chaque année aussi, les vacances sont ponctuées par une excursion à Gualdo Tadino, à Gubbio, les cités originaires, la matrice première, à l'intérieur des terres. C'est alors bombance, le retour au pays des fils prodigues. Les Italiens ne les envient pourtant pas. Ils s'imaginent la Siberia francese froide et laide et ils n'ont pas tout à fait tort. Même si dans les années soixante, les émigrés reviennent les bras chargés de cadeaux : sucre, tablettes de chocolat, tandis que là-bas les toilettes trônent au fond du jardin, c'est tout de même l'Italie, pas le trou d'une mine. On regarde avec compassion bienveillante ceux qui ont dû partir. Pour faire bonne figure, i Francesi, après quinze heures de route à cinq ou six dans la Diane (un enfant étendu par terre à l'arrière sur une couverture, l'autre couché dans un hamac suspendu au-dessus de la banquette arrière), se changent précipitamment sur un parking à quelques kilomètres de la destination, s'ornant de leurs plus beaux atours : costume, cravate, robe élégante. Un jour, le plus maniaque des cousins ayant ainsi enfilé chemise, cravate, veste, chaussettes et chaussures de cuir, se rendit compte que le morceau de tissu bleu marine qu'il avait pris au départ de Villerupt pour son pantalon de costume était en fait celui de sa femme. Après l'avoir interrogée : « Mais enfin ce n'est pas possible, qu'est-ce que t'as fait de mon pantalon ? », il dut se rendre à l'évidence. Les employés du grand magasin de textile ne se sont toujours pas remis de ce Français qui traversa les rayonnages vêtu comme pour un mariage, mais en slip à rayures et chaussettes de ville.

Ils arrivaient toujours en jurant de ne pas rester, de ne faire que passer, dire bonjour, boire un café, avant de reprendre le chemin du retour (jusqu'au jour où, alors que sa femme était en train de se récrier que, non, ils n'allaient pas rester, ils n'en avaient pas le temps, devant reprendre le travail le lendemain, son mari arriva portant leurs deux énormes valises : dans quelle chambre je les mets ?). Et puis finalement tout le monde s'attablait devant un plat de pâtes, une polenta, farine de maïs, jaune, cuite avec de la sauce tomate et de la viande, répandue sur une grande planche de bois, où, armé d'une cuillère, chacun s'amusait à dessiner la carte de l'Italie. On mangeait à n'en plus pouvoir, les Italiens sachant définitivement bien recevoir, et ceux-là étant par surcroît particulièrement stimulés par le souvenir inoubliable et l'impression de prospérité qu'ils voulaient laisser à leurs cousins français.

La ligne

Il avait toujours refusé de devenir permanent. Peut-être aussi ne le lui avaient-ils pas beaucoup proposé, connaissant son indocilité et son indépendance à l'égard des directives d'en haut. Il ne jurait que par la base, par les élections démocratiques, qui lui avaient souvent réussi. Délégué mineur, puis conseiller municipal, adjoint au maire et premier adjoint. Un jour encore conseiller général. Enfin maire.

Les permanents, quand la direction leur disait noir ils disaient noir, même s'ils voyaient rouge ou gris. Ensuite, lui, il fallait qu'il transmette « à la base », qu'il explique les directives du Parti sur telle ou telle question, parfois contre lui-même. Parfois aussi il fallait contenir la colère des camarades, de ceux qui tous les jours, au fond ou à l'usine, supportaient la mauvaise humeur des petits chefs et des grands patrons, parce que ce n'était pas le moment pour le Parti. En mai 68, tous les gars avaient arrêté le travail, une grande liesse s'était emparée d'eux : on allait voir enfin l'alliance inespérée des ouvriers et des étudiants. Mais Marchais avait mal réagi. Il s'était montré plus ouvriériste que les ouvriers, et des années après, beaucoup avaient encore des regrets, même si Grenelle, ça n'était pas rien. Il y avait eu des avancées, des progrès immenses, mais cela n'ôtait pas un goût d'amertume. Quelque chose s'était passé. Ou bien était-on passé à côté de quelque chose.

Au Pays-Haut, il y avait eu des meetings nombreux, et au cours des manifestations, un mineur avait été arrêté. De nationalité italienne, il avait été frappé d'un arrêté d'expulsion par les autorités au moment où la droite sortait revigorée des élections, en octobre 68. Troubles à l'ordre public au mois de mai précédent. Toute la ville alors s'était soulevée, et avait empêché son départ. Le maire venait de finir son discours, le tour au jeune premier adjoint à présent. Les hommes se pressaient autour de la petite estrade. Le ciel était gris, bien sûr, mais il ne pleuvait pas, et on était dehors en bras de chemise... Il fallait parler, parler longtemps à la tribune, jusqu'à ne plus savoir comment arrêter le flot des vivats qui monterait de la foule. Ses yeux se brouillaient sous la colère. Qui était-il ce mineur, son frère de sang, son frère d'exil et de douleur. Qui était-il sinon mineur comme lui, italien et communiste comme lui.

Qu'avait-il fait à la France, pour que la France s'en débarrasse d'une talonnade malpropre. Lui était là, à la tribune, ceint du bouclier de l'écharpe tricolore. Lui devait parler pour Roland Rutili, mineur italien menacé d'expulsion. Parler pour Mario Rutili, son père, son père arrêté le 3 février 44, lui aussi, au fond de la mine d'Audun-le-Tiche. L'un des quatorze. Parler pour défendre Roland, mais aussi la mémoire de Mario, et celle de son propre père, scellée dans le même destin. Leurs pères arrêtés et torturés ensemble, vingt-quatre ans auparavant, au fond de la même mine, leurs pères déportés et morts ensemble, dans les camps allemands, l'un à Bergen-Belsen, l'autre à Dachau, leurs pères mineurs italiens morts pour la France, ensemble, figés pour l'éternité les mains de l'un agrippées menottées aux épaules de l'autre. La mère de Roland était tombée malade, de douleur et d'impuissance, à la disparition de son mari. Et c'était ce fils-là qu'aujourd'hui on expulsait. Il frémissait. Il saisit le haut-parleur et d'un souffle profond se lança. Sa voix était rauque, grave, pétrie par la poussière du fer.

Mes chers camarades, Roland Rutili a été arrêté hier soir. Ici même, parmi vous. Arrêté parce qu'il a manifesté dans la rue au mois de mai, comme vous, pour montrer la solidarité des ouvriers avec le mouvement étudiant. Parce qu'il protestait contre les conditions de travail dans nos mines et nos usines. Ils l'ont arrêté, lui, parce qu'il est italien, mais ils vous auraient tous arrêtés s'ils l'avaient pu. Combien de temps encore allons-nous tolérer cette oppression, qui sert les possédants aux dépens de la classe ouvrière ? Rejoignons les camarades étudiants. Même si nous n'avons pas fait d'études, parce qu'on ne pouvait pas. Nous devons nous battre, pour que nos enfants demain vivent dans un monde meilleur, pour que nos enfants demain aillent à l'université, dans les meilleures conditions, comme les fils des grands patrons. L'heure est venue, camarades ! Aujourd'hui l'heure pour nous est venue d'arrêter le travail, le travail qui nous épuise et qui nous tue, pour enrichir toujours plus ceux qui possèdent les outils de production. Il faut nationaliser les outils de production, et rendre le travail au travailleur ! Il faut nationaliser les mines et la sidérurgie ! Voilà ce qui fait peur, parce que nous sommes le nombre, nous sommes la force, et eux ils sont la minorité qui nous exploite. Alors ils se débarrassent de ceux qui les gênent, et sur qui ils ont prise, comme Roland Rutili. Quel est son crime ? Celui d'être des nôtres ! Libérez Roland Rutili ! Libérez Roland Rutili !

Tout le monde était debout. Il y avait des cris, de soutien, d'approbation, mais surtout de bonheur. D'immenses cris de bonheur et de joie qui soulevaient la foule. Les gens riaient. L'espoir les emportait et les réunissait, tous, une fois de plus. Le bonheur de savoir qu'ils n'étaient pas seuls, à souffrir, à peiner, au fond des galeries ou au pied du haut fourneau, et que tous ensemble ils pouvaient agir. Être un ouvrier n'était donc pas une honte. Se lever le matin à cinq heures, pour prendre son poste à six, descendre dans l'ascenseur humide, il fait froid, les yeux encore éteints, endormis, et comme une taupe se plonger une fois de plus dans la terre, est-ce qu'une seule fois, une seule, ils n'avaient pas eu peur, au moment de descendre, que ce soit la dernière, et puis huit heures durant arracher le minerai des entrailles, et bien sûr, au final léguer à ses enfants la même vie, comme on l'avait héritée de son père. Mais là, non, la liberté entrevue, la vraie liberté, celle de choisir sa vie. Celle de changer sa vie, demain, un jour. De goûter autre chose, d'être respecté comme un homme, et pas une bête de somme. Et les femmes aussi riaient, elles entrevoyaient la porte ouverte devant elles, la fin de l'esclavage, pas domestique mais social, car qui garderait les enfants, quand les hommes sont au fond, et qui les embaucherait, elles, sinon comme secrétaires ou vendeuses, mais une fois mariées, plus possible, terminé, être jeune fille est une condition nécessaire, il n'y a pas toujours une grand-mère disponible, et puis elle ne comprendrait pas que sa fille se débarrasse des petits pour aller travailler et gagner quoi, allez, de quoi s'acheter deux trois robes. Pas la place des femmes. Alors là, ces discours, les femmes libres de choisir, le travail, les enfants, elles ne savaient pas très bien ce qu'elles voulaient en faire, de cette liberté toute neuve, mais elles savaient ce qu'elles ne voulaient plus, et elles savaient que c'était à elles, depuis tant de siècles, qu'avait échu cette tâche lourde et magnifique d'être les premières.

L'une d'elles était là, parmi la foule, vêtue de hautes cuissardes blanches et d'une minijupe rouge. Les cheveux courts, bruns. Elle partageait un paquet de cigarettes avec son amie, une Italienne aux cheveux noirs épais, qu'il reconnut comme étant sa cousine. Elles étaient jeunes, et elles reprirent en chœur le chant qui s'élevait dans la foule, puissant comme une mer.

C'est la lutte finale
Groupons-nous et demain
L'Internationale
Sera le genre humain...

Debout les damnés de la Terre
Debout les forçats de la faim
La raison tonne en son cratère
C'est l'éruption de la faim.

Du passé faisons table rase
Foule esclave, debout, debout
Le monde va changer de base
Nous ne sommes rien soyons tout

Ce chant les transportait vers un ailleurs indicible, qui n'était pas forcément à l'Est. Bien sûr, les permanents aussi reprenaient les couplets, les connaissaient par cœur, mais ce chant, c'était pour eux, les fils de rien, les militants. Ils oubliaient les doutes, les couleuvres avalées, il n'y avait plus que cet espoir fou, enivrant et rassurant à la fois. L'URSS était bien loin. Il fallait chanter, chanter, pour oublier Prague, les chars russes et les larmes de Dubček. Oublier cet espoir fou d'une révolution douce. Oublier cette inquiétude et l'incompréhension. Comment justifier cette intervention-là ? Qu'allait dire le Comité central ? Il fallait condamner, bien sûr, comme le PCI. On en rêvait, on n'osait l'espérer. Certains se réfugiaient derrière leurs origines pour revendiquer la position du PC italien. Eux avaient condamné. Le parti de Berlinguer semblait décidément plus séduisant, lui qui avait toujours su prendre ses distances avec Moscou. Mais bon on était en France, et si le Parti avait dit qu'il ne fallait rien dire, il devait avoir ses raisons. Les coups de téléphone se succédaient :

– Alors, des nouvelles ? Qu'est-ce qu'il dit, le Parti ?
– Mais on dit quoi aux camarades ?
– Alors, c'est quoi, la ligne ?
Le Parti finalement désapprouva d'abord, spontanément, d'un seul mouvement, mais très vite un second communiqué fut rédigé, qui « réprouvait » l'invasion soviétique. Alors on pouvait émettre des réserves, mais uniquement entre soi, dans des réunions fermées, à huis clos, pour ne pas donner aux « ennemis du Parti » l'occasion de se réjouir ni d'utiliser les doutes et les interrogations des militants contre le Parti. Il fallait suivre la ligne. Qui n'est pas avec nous est contre nous... La ligne du Parti. On avalait les couleuvres et on continua le combat. Depuis 56, la Hongrie, et puis le rapport Khrouchtchev, la déstalinisation, peu à peu le doute s'installait. Khrouchtchev avait apporté un souffle d'espoir, mais vite dissipé, personne n'avait osé taper de la chaussure sur la fourmilière. Ils se demandaient tous, au contraire, jusqu'où il irait, et s'il n'allait pas entraîner dans sa chute le PCF et son Comité central.

La nuit il rêvait d'une longue galerie de mine, noire, froide, et par terre, une ligne blanche, lumineuse, on suivait, on longeait la ligne, et l'on marchait, toujours plus nombreux, droit devant, mais soudain, la ligne se dérobait, disparaissait, elle dérapait et s'esquivait, de gauche, de droite, se recoupant sans cesse, ce n'était plus qu'un gribouillis au sol, éblouissant, et les camarades à côté appelaient au secours, hurlaient, se perdaient dans les ténèbres et l'on entendait les cris de ceux qui pour toujours perdaient la trace, happés par le noir comme par le glougloutement du doute.

PRÉFECTURE DE LA MOSELLE

DIRECTION DE L'ADMINISTRATION GÉNÉRALE

1er BUREAU

ADMINISTRATION GÉNÉRALE

AM/DS

ARRÊTÉ

LE PRÉFET DE LA RÉGION DE LORRAINE
Préfet de la Moselle,
Commandeur de la Légion d'Honneur,

VU le Code Municipal, notamment l'article 68 ;

CONSIDÉRANT que M. Angel F., 1er adjoint supplémentaire de la commune d'AUDUN-LE-

TICHE, s'adressant le 15 octobre 1968 aux habitants rassemblés devant le domicile de M. Roland RUTILI faisant l'objet d'un arrêté en date du 10 septembre 1968 de M. le Ministre de l'Intérieur, l'assignant à résidence dans le département du Puy-de-Dôme, a invité la population à répondre à tout appel de cloches ou de sirène pour s'opposer par tous moyens à l'exécution de la mesure prise à l'encontre de cet étranger ;

CONSIDÉRANT qu'il a tenu les mêmes propos le 20 octobre 1968 au cours d'une réunion publique au Centre Culturel d'AUDUN-LE-TICHE ;

CONSIDÉRANT qu'informé de la présence de forces de l'ordre, il a tenté, le 21 octobre 1968, entre 16 heures et 16 h 15, d'actionner à la Mairie la sirène d'alerte et qu'il n'y a renoncé que devant l'opposition de l'officier commandant le Corps local des sapeurs-pompiers ;

CONSIDÉRANT que M. Angel F. a été invité par lettre du 23 octobre 1968 à fournir des explications écrites sur son comportement dans l'affaire Roland RUTILI ·

ARRÊTÉ

Article 1er - M. Angel F. - 1er adjoint supplémentaire de la commune d'AUDUN-LE-TICHE - est suspendu de ses fonctions d'adjoint de cette commune pour une durée de quinze jours à compter de la notification du présent arrêté.

Article 2 - M. le sous-préfet de THIONVILLE est chargé de l'exécution du présent arrêté dont l'ampliation sera notifiée à M. Angel F. et dont mention sera faite au Bulletin Officiel du Département.

METZ, le 20 NOV. 1968

LE PRÉFET,

Signé : Pierre DUPUCH

Dames de fer

Il s'était agi d'une jeunesse dorée au Luxembourg. La mère, solide gaillarde d'un mètre soixante-quinze, pantagruélique Italienne, tenait ferme son bistrot avec chambres au mois. Tous les jours, elle enfilait le grand tablier blanc et préparait lasagnes, gnocchi, capelletti pour ses pensionnaires. Des hommes seuls, ayant laissé l'Italie derrière eux pour travailler à l'usine. Dans le bel immeuble, racheté pièce après pièce au fil des années, de la grand-rue d'Esch-sur-Alzette qu'on n'avait pas encore baptisée boulevard Kennedy, on ne parlait qu'italien. Sauf les trois filles, nées là à l'orée du siècle, qui connaissaient en plus l'allemand et son patois luxembourgeois. L'aînée épousa un autochtone, dont elle eut trois fils. Lorsque l'Allemagne envahit la Pologne, puis annexa le Luxembourg dans le Grand Reich, ils avaient entre dix-neuf et vingt-deux ans. Comme les malgré-nous d'Alsace et de Moselle, ils furent enrôlés dans la Wehrmacht. Tous les trois. On proposa à leur père de payer un droit de passage vers la désertion et l'Amérique. Pingrerie, peur ou conviction, il refusa. Tous trois partirent en 1941 pour le front russe. Y restèrent.

La cadette, elle, s'était amourachée à dix-huit ans d'un mineur italien vivant en France. Grand, quand elle était minuscule, il parlait beau et fréquentait assidûment le bistrot familial. La mère avait repéré le manège : un mineur, sans famille, sans un sou, qui traîne dans les bistrots, tu ne vois pas où nous en sommes arrivées, nous, à force de travailler, nous, vacances, en Italie, prendre les eaux à Remich, à la cure, tout ça, ça sera fini, tu m'accompagnes, tu as vu les habits, les parures des dames, là-bas, et ici, un banc réservé à l'église. Tout cela, tu peux tirer un trait dessus si tu l'épouses, lui, ce bon à rien, ce bolchevique, tout juste bon à traîner les cafés, tout ça, terminé, tu iras vivre en France, chez ces malpropres, dans les cités. C'est ça que tu veux ?

C'était ça qu'elle voulait. Elle s'enfuit en pleine nuit de la maison familiale et partit rejoindre son Italien. Elle avait vingt ans en 1922. Le mariage fut célébré à Audun-le-Tiche, et six mois plus tard naissait Angelo, petit garçon fragile. Fâchée avec la grand-mère, elle s'habitua à la France, mal. Née luxembourgeoise, elle garda toute sa vie la nostalgie du pays à trois kilomètres de là, de l'autre côté de l'aqueduc de l'usine, et parla toujours français avec un fort accent qui n'avait presque rien de transalpin.

Et puis, à la mort du petit, dix-huit mois plus tard, elle retrouva sa mère, qui lui proposa de s'occuper de son deuxième enfant, une fille, Regina, la Reine. Surnommée Lina. Lina grandit donc entre le tablier de sa grand-mère, les valises des locataires, et la plus jeune de ses tantes, celle qui faisait faire à Paris ses chapeaux et ses robes sur mesure, grande dame un peu fofolle, pas mariée, pas encore, à trente ans... Le jour de la communion de Lina elle sortit sur le balcon, parée comme une princesse, coiffée d'un voluptueux chapeau blanc, et se mit à jeter des bonbons dans la rue aux enfants comme des miettes aux pigeons. Une énorme voiture noire les attendait devant le café-restaurant, la voiture du notaire. Tout le monde avait les yeux en l'air pour regarder Yolanda, là-haut, mais quand elle commença à lancer des piécettes, le notaire monta la chercher.

Le curé les accueillit avec révérence, même si le père grommelait dans un coin, avec ses trois frères, que c'était bien de l'argent gaspillé, tout ça, pour les curés. Les deux petits frères, Angelo secundo, et Alvio, qui marchait à peine, suivaient leur sœur aînée. Ils n'osaient s'approcher de trop près de l'arrière-train rebondi de leur grand-mère. Celle-ci portait un gigantesque chapeau piqué de plumes qui les impressionnait fort. Ils craignaient que ce gros oiseau ne s'envole au sortir de la messe.

L'humanité

Les cheminées de l'usine se dressaient au fond de la vallée comme deux cigarettes brunes fichées dans le sol. À côté, des bâtiments, semblables à des hangars métalliques. La terre autour est rouge, et parsemée de bandes de verdure, quelques arbres au milieu des chemins qui serpentent vers la mine à ciel ouvert. C'est Micheville. Micheville morte depuis des années. Les chemins ne mènent nulle part, ils zèbrent simplement le paysage, mais plus aucune machine, aucun convoi ne les emprunte. L'usine est là, branlante, mais encore debout, un géant recroquevillé, ratatiné sur ses genoux. Elle chancelle. Elle rouille. Elle trône là, inutile et dérisoire. Sera bientôt détruite. Le vieux monstre d'acier ne fait plus peur aux hommes. Eux qui soupiraient après tous ceux qui y étaient tombés, eux qui craignaient de finir dans l'estomac de fonte, avalés, digérés, ont vu cela, la fin de la machine, l'agonie et la mort du grand engin qui depuis un siècle tenait en respect toute l'humanité de la région. Micheville est morte, Micheville a fini par mourir.

Des hommes arrivent, et peu à peu démembrent le grand corps. Les morceaux sont arrachés. Des formes étranges, jamais vues, surgissent alors de la silhouette familière : le toit s'effondre d'un seul côté et reste suspendu au-dessus du vide pendant des semaines, des mois. Comme un homme dont on aurait laissé le bras moisir avant de l'amputer. Vous voyez, ce n'était pas si terrible, tout de même, juste du béton et de la tôle – c'est pour ça que vous avez tremblé comme des oisillons. Des mois à contempler l'agonie de l'usine. Ce sont les deux cheminées qui tomberont les dernières, et au jour dit, des centaines de familles assistent, médusées, à l'explosion finale. Un bruit sourd, pesant, pas de ces bruits métalliques qui sortaient du laminoir comme un coup de semonce. Pas un de ces bruits de canon qu'on entendait parfois, aussi bien dans la journée qu'en pleine nuit, comme si quelqu'un avait laissé tomber la plaque du four dans la cuisine à côté, et on se disait alors, en se rendormant, que toute la vallée avait entendu le même son, c'était comme une maison dont les gardiens veillaient, là-bas, en face, pendant la nuit, à l'usine. Ils faisaient du vacarme mais on leur pardonnait. On dormait rassuré. Au réveil, déjà, on avait oublié. En plein après-midi, parfois, la tête perdue dans un exercice, sur les bancs de l'école, arrêtés dans leur course sur le terrain de sport, les enfants tout à coup se figeaient en entendant le fracas métallique, et c'était comme si leurs pères les rappelaient à la raison, leur disaient attention, nous ne sommes jamais très loin, voyez notre puissance, ce grondement ne vient pas du ciel mais de la terre, de l'intérieur de l'usine. On s'imaginait l'intensité du bruit qui devait leur fracasser les oreilles pour que, dehors, on l'entende si bien, et l'on ne comprenait pas d'où cela provenait. Qu'est-ce qui pouvait bien résonner de la sorte. On ne pouvait jamais prévoir quand cela arriverait. Eux, à l'intérieur, oui. Il arrivait que le silence dure des semaines entières, si bien qu'on oubliait le bruit, et quand soudain il déchirait de nouveau le ronronnement quotidien, c'était un signe de reconnaissance pour toute la vallée. Les hommes à l'intérieur avaient le pouvoir de faire gronder le tonnerre. La nuit, on voyait les étincelles scintiller derrière les fenêtres de l'usine, et le ciel rougeoyait. En passant près d'Hayange, sur l'autoroute, un panneau indiquait : « La fonte en coulée continue ». En pleine nuit, ce n'était pas rouge qu'était le ciel, mais mauve, rose, ou vert. Et c'était la silhouette efflanquée et sombre du haut fourneau dominant le ciel qui menait le jeu de nos aurores boréales.

Le mariage forcé

En pleine nuit elle avait traversé la frontière allemande, seule. Pire que la ligne de démarcation, c'était la nouvelle frontière du Grand Reich, entre la Moselle récemment annexée et la France occupée, entre Audun-le-Tiche et Villerupt. Elle était passée par la forêt, courant, éperdue, quand soudain une patrouille : Halte ! Qui va là ? Elle sursauta. La police française l'arrêtait. Papiers. Elle avait sa carte d'identité italienne, précisant qu'elle vivait au Luxembourg. Qu'est-ce que vous faites ici, en pleine nuit. Elle était très bien habillée, trop bien, ses chaussures élégantes s'enfonçaient dans la terre humide et dans la mousse. Pourtant elle avait choisi les plus simples, mais elle n'avait pas pu s'empêcher de se maquiller un peu, du rouge, de la poudre. Vous avez franchi la frontière de pays en guerre, vous êtes considérée comme une espionne. Non, non, c'est pour mon fiancé, mon fiancé, il habite de l'autre côté, à Crusnes, on doit se marier, alors je voulais aller le rejoindre, vous comprenez. Elle parlait, vite, à toute allure, comme ça, ça passerait, ils iraient le chercher et lui, elle le connaissait, il était si gentil, il ne la laisserait pas aux mains de ces gens-là, pour rien au monde, même s'il lui en coûtait. Comment s'appelle-t-il, votre fiancé. Mario. Mario, il est italien, lui aussi. Mineur, il habite Crusnes. Ils allèrent le chercher, vérifier si c'était vrai. C'était faux. À trois heures du matin, ils sonnèrent chez lui, il se crut fini, ça y est, c'était pour lui, les armées fascistes avaient retrouvé sa trace, mais non, devant lui, la police française. Vous connaissez cette femme ? Oui, bien sûr, c'est ma belle-sœur, Yolanda. Elle grelottait. Elle a été surprise à traverser la frontière, cette nuit, elle prétend que vous allez vous marier. Il n'hésita même pas. Oui, oui, c'est vrai, on s'est un peu disputés, mais oui, oui, c'est vrai. De deux choses l'une, soit vous épousez cette femme, soit elle a menti et on l'arrête. Non, je vous dis que c'est ma fiancée, nous allons nous marier, elle va rester ici, cette nuit. Elle n'aurait jamais dû faire cela, mais vous comprenez, on s'était disputés...

Ses yeux à elle brillaient de reconnaissance et d'amour, elle en était sûre, qu'il ne l'aurait pas laissée, et finalement, tout cela l'arrangeait, la malice pétillait au fond de son œil noir. Il la prit par les épaules devant les policiers, Yolanda, pourquoi tu as fait cela, tu ne pouvais pas attendre, non ? Mà sei pazza, tu ?

Le lendemain, toute la famille était en émoi. La police veillerait au grain, elle ne la lâcherait pas tant que le mariage ne serait pas prononcé. Il fallait faire vite. La cérémonie eut lieu au commissariat. Avec comme témoins, le frère du marié et la sœur de l'épousée. Les deux frères épousaient ainsi les deux sœurs, avec vingt ans d'écart. Mario faisait un peu la tête, mais le montrait à peine. Elle était ravie. Ne pouvant se douter que la guerre des deux jeunes femmes ferait deux veuves et de leur sœur la mère de trois disparus.

La pièce montée

Ils se sont rencontrés ce jour-là, le jour du meeting, au pied de la tribune. Elle est venue le féliciter pour son discours, et il a demandé à son adjoint qui était cette jeune femme, l'amie de sa cousine. Elle n'était pas née là. Elle venait des Ardennes, quelque chose comme cela. Travaillait comme secrétaire au collège, après sa formation de sténo à Longwy.

En fait, c'est son frère qui l'avait entraînée dans cette région qu'elle n'aimait pas. Il était parti pour Longwy à seize ans, en tant qu'apprenti, parce qu'il y avait du travail et ce n'était pas si loin de Sedan. Comme apprenti, on était payé, ça remplaçait le salaire du père. Mort pendant la guerre, les enfants avaient deux et cinq ans. Il était arrivé du Frioul, dans le Nord de l'Italie, quelques années plus tôt, à pied, s'était fait embaucher en Alsace, sur le chantier du tunnel de Sainte-Marie-aux-Mines. Là, avait rencontré une Alsacienne. Elle était partie avec lui. Désolation de la famille : se marier avec un étranger. Mais pour suivre les chantiers, ils avaient vite quitté l'Alsace, et s'étaient acheté une petite maison dans les Ardennes. Ensuite la guerre, de nouveau partir, en zone libre, un nouveau chantier dans le Massif central. Petit village déjà loin d'Aurillac. Pour aller à l'école, en sabots, quatre kilomètres.

Le barrage de l'Aigle, c'est là qu'il a eu son accident. Une grue, sur le chantier, est tombée, lui fracassant les os.

La petite n'était même pas encore née. Dix-huit mois allongé dans un fauteuil, avec la gamine qui veut grimper sur les genoux de papa, mais ça lui fait mal, il grimace pour ne pas lui montrer qu'il ne peut pas la prendre, sourit. Chaque fois qu'elle gigote une lance dans son dos. La guerre. Les partisans viennent chercher des provisions au village. Sa femme leur donne du lait de chèvre, elle transporte aussi des courriers, parfois. En décembre 42, juste après la naissance de la petite, les Allemands ont envahi la zone libre. Maintenant ils font la loi dans le village. Ils viennent à la maison, un après-midi. Ont repéré un manège singulier, qui sont ces hommes qui vivent dans la ferme à côté. Ils frappent la femme. Lui dans son fauteuil ne peut pas se lever. Ils l'ont vue donner un panier aux voisins qui ont été arrêtés. Les enfants crient. Toujours la même histoire. Heureusement, sa femme est butée. Et puis, s'ils la prennent, elle, vu la situation, il faut prendre aussi les enfants et le père. Elle échappe à la prison et continue. D'un côté, son mari, les enfants, les animaux, pour manger, une chèvre pour le lait, des lapins, des poules. Le respect du village. Mais pas de médicaments, pas de soins. Ses jambes sont bandées, changées tous les jours, c'est tout ce qu'elle peut faire. De l'autre côté, le Comité des femmes françaises, aider ceux qui sont au maquis. Un matin, c'est la débâcle allemande. Fête de la libération. Elle voudrait participer aux cérémonies mais son mari n'est pas bien. Ils prennent des photos, dehors, au soleil. La petite n'a pas deux ans. Personne ne sourit vraiment mais tous sont là, debout autour de la chaise du père. Au-dessus d'eux, c'est à croire qu'on voit planer comme une ombre la grande grue squelettique.

Ils resteront encore quelques années dans le Cantal, après la mort du père. Tous les jours les deux enfants font ensemble à pied la route vers l'école. Un soir, après la classe, leur chemin soudain recouvert par les eaux. Un barrage a cédé, sous les pluies trop violentes, le grand frère prend sa sœur sur ses épaules et se met à courir, courir vers la maison. Ils rentrent de justesse. La mère a reçu une médaille de la Résistance. Elle a fait ce qu'elle devait. A même été choisie pour accompagner le président du Conseil à Oradour. Elle voudrait rentrer dans la maison des Ardennes. Maintenant la petite a dix ans, et son frère pourra bientôt trouver du travail. Il faut préparer le déménagement. Elle va s'asseoir près de la tombe de son mari, lui dit au revoir, qu'elle rentre enfin chez eux, dans la maison qu'ils avaient achetée. Elle a quarante ans.

À l'école, les enfants n'ont d'autre choix que d'être les meilleurs de la classe unique. Le grand frère est premier du canton au certificat d'études, la sœur suivra. Ils aiment lire et les prix reçus en récompense sont des trésors. Lui voudrait devenir ingénieur, mais bien sûr on a besoin de son salaire, vite, désormais il a quatorze ans. Dans les Ardennes, pas beaucoup de travail, déjà les paysans ont du mal, et eux n'ont jamais cultivé la terre. La Lorraine n'est pas loin, il suffit de longer la frontière belge, et c'est le cœur industriel du pays, des milliers d'ouvriers. Il part pour Longwy, faire son apprentissage comme mécanicien. Réussit facilement. Sa sœur rêve de devenir journaliste. D'étudier à Paris. Trois ans plus tard, sa mère l'envoie apprendre la sténo-dactylo à Longwy. Ça s'appelle « la Caserne ». Trois sections : sténo pour les meilleures élèves, école ménagère, couture pour les autres. Au moins elle ne sera pas toute seule.

La Caserne c'est le pendant féminin de l'apprentissage. À défaut d'ouvrir des portes, cela ferme toutes les autres. On ne passe pas de bac, mais on apprend à coudre, à cuisiner, et même à repasser. Très utile, directement applicable à la vie quotidienne. Surtout on est entre soi, toutes des filles de pauvres, et plus encore à l'internat, qui héberge celles qui sont trop loin de leur famille. Le dimanche, elle reste chez une amie dont les parents habitent Villerupt. En attendant de revoir sa mère, la petite sœur retrouve son frère, qui lui parle de l'usine et de ses camarades. Il venait d'être embauché à Micheville. Elle avait toujours envie d'être journaliste, avait créé un journal de classe, et elle lui racontait qu'une dame qui faisait de la politique, sénatrice des Ardennes, lui avait proposé de travailler avec elle à Paris quand elle aurait fini ses études. Il se souvenait de Mme Cardot, forcément, il la connaissait, celle qui lui avait fait avoir une robe pour sa première communion, tu sais, quand maman est allée lui dire qu'on n'avait pas d'argent.

Elle devint secrétaire au lycée de Longwy. Début de l'indépendance. Prit sa carte au Parti communiste français. Tomba amoureuse d'un ouvrier. Participa à des manifestations féministes. Elle aimait les minijupes et conduisait une 2CV bleue.

Le Parti organisait des voyages en RDA. Villerupt était jumelée avec Riesa, en Saxe. Elle n'était jamais partie en vacances, elle s'inscrivit et visita Dresde et Leipzig. Les Allemandes de l'Est lui parlaient de libération des mœurs, de contraception. Elles allaient au musée et même à l'opéra. Cela ne coûtait presque rien. Elles travaillaient dans tous les métiers. Il y avait des crèches pour les enfants, les hôpitaux étaient gratuits. Elle avait vingt-deux ans, deux enfants et avait arrêté de travailler pour les élever. Cela lui parut formidable. Elle envia ces femmes.

À Leipzig, elle rencontra aussi un ouvrier parisien. Il travaillait chez Renault, à Billancourt. Il était mécano. Elle venait du bassin de Longwy. Ils parlèrent de la lutte, des combats à mener. Elle ne connaissait pas Paris. Les deux enfants des bastions ouvriers se retrouvèrent parfois, pendant quelques années. Il était délégué syndical, vivait en banlieue rouge et lui annonçait une révolution toute proche. Elle lui fit visiter les usines sidérurgiques, la Lorraine du fer et de l'acier. Ils étaient fiers de s'être retrouvés, pétris d'orgueil devant leur culture ouvrière. À chaque événement syndical, ils s'écrivaient, s'informaient de ce qui se passait de l'un ou l'autre côté. Elle adorait toujours écrire. Après mai 68, pourtant, elle l'oublia. C'était au cours d'un meeting du Parti communiste et de la CGT des mines de fer de Moselle. Un mineur avait été expulsé du territoire parce qu'il était italien.

Elle pensa à son père, italien lui aussi. Elle ne se souvenait plus de lui, de sa voix ni de son visage. Il était resté là-bas dans le Cantal, avec ses souvenirs d'enfance à elle. Elle ne comprenait pas l'italien, ne connaissait pas ses grands-parents, et se sentait exclue de toutes ces fêtes où l'on avalait des kilomètres de pâtes. Mais l'homme à la tribune était courageux. C'était l'un des cousins de son amie Marie. Il venait du centre de l'Italie. D'Ombrie. C'est lui qui avait jumelé Audun avec Gualdo Tadino. Et les deux villes, de part et d'autre des Alpes, portaient deux monuments aux morts symétriques – sur chacun les noms de son père et de son oncle mineurs déportés.

Ce fut un mariage civil, en 1970. La mère italienne s'était préparée depuis longtemps à ce que son fils ne se marie pas à l'église ; elle eut un peu plus de mal à accepter une belle-fille divorcée avec deux enfants. Enfin, tout se passa au mieux, ce fut Pantagruel au Pays-Haut : trois mille capelletti préparés pour l'occasion par les sœurs, belles-sœurs et cousines. Il y en avait partout. La pièce montée fut couronnée de succès et d'une faucille et d'un marteau en croquant de nougatine enlacés dans la chantilly.

Les jeunes mariés partirent en voyage de noces à Cuba.

La friche

Le dimanche, désormais, il y avait la promenade sur le « site » de Micheville. Les vieux bâtiments disparus, sauf celui des bureaux, transformé en logements sociaux et pour le moment en squat, on y avait planté des arbres, jeunes, minuscules sur l'immensité du terre-plein. Tous les jours, les retraités paisibles venaient s'y promener, se remémorant les heures douloureuses et glorieuses de leurs années passées là, dans l'odeur du haut fourneau. On réapprenait à apprécier la nature, cette bonne fille qui vous pardonnait les outrages séculaires et retombait dans vos bras lorsque vous aviez besoin d'oublier. Les racines baignaient dans le goudron, mais ça poussait quand même. Désormais plus de fumée noirâtre sur les murs des cités, plus de nuages bas et gros d'émanations chimiques. Avant, par les nuits d'insomnie, il fallait poser son front contre la fenêtre de la cuisine et regarder le ciel, il n'était jamais en repos, il vibrait au rythme des trois-huit. C'étaient des éclairs roses, mauves, l'horizon servait de miroir à l'usine, et reflétait les étincelles fantomatiques. Le spectacle était permanent, toujours renouvelé. Pendant toutes ces années, la poussière sédimentait au fond des poumons, mais il y avait du travail, c'était ça qui comptait, on avait la dignité du travail, la beauté pouvait attendre, et la santé avec elle.

Ce n'est qu'une fois tout cela disparu qu'on commença à penser arbres, ciel, nuages. Aux saccages de la forêt tempérée, éventrée par les carrières à ciel ouvert et les crassiers, mal colmatée de-ci de-là par des plants de sapins moins coûteux – et qui poussent plus vite. C'est la mine qui exploitait la forêt domaniale, du temps de l'activité, c'est donc elle qui payait et entretenait le bois d'Audun. Le Pays-Haut ce n'était pas la toundra, et là où furent replantés des sapins, plus un hêtre ne pourrait pousser. La végétation avait payé son tribut. Chaque bosse, chaque fossé, chaque dénivelé brutal était l'image inversée des galeries souterraines. Les sentiers de la forêt modelés par les réseaux miniers. Les enfants roulaient dans des cratères creusés comme par un éclat d'obus, et riaient en pensant, quelques dizaines de mètres au-dessous, à la vie de fourmis des mineurs au travail. Chaque éboulement au fond d'une galerie avait laissé sa cicatrice à la surface de la terre, immédiatement recouverte par les feuilles et les pousses. Et lorsque c'était par la route qu'on traversait la forêt, la voiture soudain qui s'envole, semble décoller du bitume, pour retomber plus loin dans un couinement de tôles. D'une semaine à l'autre, c'est un nouveau parcours qui se dessine, toujours plein de surprises, la route qui disparaît et que l'on retrouve un ou deux mètres plus bas n'en finit pas de rappeler que là-dessous la terre n'est pas pleine, que là-dessous c'est la vie, un gigantesque réseau de galeries irriguant toute la région, ne connaissant ni communes ni frontières. La nature a horreur du vide. Ailleurs, à Auboué, chez de Wendel, ce sont les maisons qui s'enfoncent, les cités minières, qui n'en finissent pas de se fissurer à chaque affaissement minier. Les routes sont éventrées, tout le Pays-Haut sur pilotis. Personne ne veut payer l'entretien des galeries, la réparation des maisons, surtout pas les anciens industriels. Comme les dragons du roi ou les soudards de l'Empereur, ces nouveaux barbares une fois arrivés ont transformé la région, exploité les richesses, saccagé le paysage, distribué quelques sportules et finalement pillé les dernières pépites des subventions publiques, en laissant à l'État la charge des plans sociaux, de la reconversion et des réparations. Puis ils ont fait disparaître les entreprises comme des lapins dans un chapeau, vendu leurs parts, déménagé leurs sièges sociaux. Ils ne sont plus responsables. Il n'y a plus d'abonné au numéro que vous demandez. Les cités qui jadis appartenaient à l'usine ou à la mine ont été vendues une à une aux anciens ouvriers qui y vivaient. Elles sont noires, elles sont tristes, collées les unes aux autres au bord de la route, mais ils sont chez eux. Elles ont toutes trouvé preneur. Alors, lorsque le sol s'affaisse sous leurs pieds, c'est la cité elle-même qui leur rappelle qu'ils n'ont plus rien à faire là, qu'il n'y a plus rien à faire dans ces cités d'un autre âge, et que sans la mine, sans l'usine, les hommes chassés de leur travail, chassés de leur histoire, ne s'accrocheront pas longtemps à cette terre hostile.

À Longwy, derrière le vieux terril, les entreprises délocalisent, font croire à leur bonne âme en s'implantant dans une région meurtrie; en fait ferment boutique une fois empoché le plein de subventions. Ne le répétez pas. Ne désespérez pas Billancourt. Comme si l'on pouvait éternellement raconter les mêmes histoires aux hommes et femmes de là-bas. Comme une vieille coquette sur le retour, à qui on voudrait faire croire qu'elle peut encore séduire en baissant ses tarifs. Eux pourtant ils savent, la main-d'œuvre bien formée et efficace, la culture du travail, la situation géographique, l'expérience industrielle. On leur a dit d'aller travailler chez Daewoo, il fallait se réjouir, remercier la chance, on leur demande de limiter la pause-toilettes, pour la rentabilité, on parle de culture d'entreprise, de tradition coréenne, ils ne peuvent plus échanger une parole. Parqués, isolés, brimés s'ils sont malades. C'est à Longwy, ville phare du mouvement ouvrier, fort Vauban de la gloire industrielle française. Longwy, Lorraine Cœur d'acier.

Daewoo a plié bagage – P-DG en fuite recherché par Interpol, passeport français –, entreprise incendiée, employés écroués. Usinor-Sacilor, ARBED, de Wendel, effacés jusqu'à leurs noms, gommés du paysage. Mais le paysage reste. La mine d'Audun-le-Tiche attend son heure pour être inondée, pour que rien, décidément, ne reste du travail des hommes de cette terre, de leurs souffrances, de leur gloire et de leurs peines. Lavées à grandes eaux, les galeries-prisons, les chaînes des forçats russes, les pas de la Gestapo. Les employés de banque du Luxembourg ont remplacé les anciens ouvriers, et repeignent peu à peu les maisons des cités. Les derniers bâtiments industriels vétustes balayés, seuls restent quelques chevalements, dressés là comme par hasard, grands échalas dégingandés et rouillés sur le carreau désert.

À dix-huit kilomètres de Longwy. Lorraine Cœur d'acier.

Éboulis

Au fond aussi, le pire ennemi, c'était l'éboulis. Trente-trois ans, l'âge de celui qui ne revint pas, cet après-midi-là de novembre. Un bloc, détaché de la paroi mal assurée, s'était abattu sur sa colonne vertébrale. Les camarades à côté, même à huit, même à douze, à essayer de soulever le bloc, n'avaient rien pu faire. La sirène avait retenti une fois encore, et les huit enfants avaient tremblé en voyant les yeux de la mère. Elle vivoterait désormais sa pension de réversion, la moitié d'une solde de mineur, quatre mille francs, et bien sûr, l'assurance que les garçons seraient embauchés au fond dès qu'ils auraient quatorze ans. La reconnaissance du ventre en quelque sorte. Parfois c'était une bourse, accordée à celle dont le père avait été tué au fond. Alors les de Wendel, grassement, offraient le droit d'aller passer le certificat d'études à Verdun, frais payés, chez les sœurs. Préserver quelques années de plus la pureté des mœurs avant la corruption ouvrière. De toute façon, elle reviendrait bien vite à Moyeuvre, pour se marier, avoir des enfants, il y a là toute sa famille, qu'irait-elle faire ailleurs. Cela ne leur coûtera pas grand-chose. Et puis, ça crée des liens, une dette, pour un père perdu dans un accident du travail, combien d'années, deux, trois ans d'école ? Les garçons, eux, ont pour privilège de pouvoir suivre la trace de leur père, au fond. Emploi assuré, à vie, à mort... Trente-cinq ans plus tard, un autre éboulis emporte le fils cadet. Trente-six ans celui-là, et n'aura jamais partagé avec son père que la même mort. À mains nues, les gars s'affairent pour le dégager du minerai. Ils le savent tous, que c'est la deuxième fois, dans la même famille, que sa femme sera désormais comme sa mère, que sa mère verra une deuxième fois le chevalement dressé comme une guillotine au-dessus du caveau. À mains nues, les hommes crient, ils l'appellent, Guido, Guido, ils creusent comme des noyés se débattent dans les vagues avant d'être emportés. Remuent les mains, jusqu'à dégager une main, un bras, un visage dont la bouche est déjà pleine de poussière. L'accident frappe avec régularité et précision. Parfois on ne meurt pas, alors c'est l'hôpital de la mine, l'hôpital de Wendel. Entretenir la force de travail. Certains parlent de grande famille, pourquoi pas, les chiens font bien partie de la famille. Ne pas aboyer trop fort, c'est tout. Pour la gamelle, à côté de l'usine, il y a les magasins d'approvisionnement, les coopératives du Maître, afin que le salaire, à peine sorti des caisses, y rentre aussitôt.

Parfois, sur ordre du patron, c'est aux femmes que l'on délivre la paye, le quinze du mois, et le trente une avance sur le mois suivant. Sinon les hommes, à peine reçus, les quelques billets déjà écoulés au bistrot. En attendant, on vit à crédit. La coopérative est là pour ça, l'argent dépensé même pas encore gagné, la course d'un mois pour rattraper l'autre. Le samedi soir, au bal, le dimanche au café, et puis quand on a un moment, à la sortie du boulot, « tous les lundis matin enceinte ».

Le charbon est offert, pour chauffer les maisons, même aux mineurs de fer. Pour fabriquer de la fonte ou de l'acier, il faut de toute manière du fer et du charbon. Deux seaux par semaine et par foyer. Ça entre dans les prévisions, le charbon arrive d'autres mines, d'autres régions, qui appartiennent aussi à la Famille. Grâce à ces menus cadeaux, toute la population est là, sous la main, disponible, liée par le sang à cette terre où sont morts un oncle, un frère, où il a fallu survivre, tout fraîchement débarqués d'Italie, s'adapter. Le dimanche, pour ceux qui espèrent une bonne place, plus tranquille, moins dangereuse, il y a toujours la messe, encore le plus sûr moyen d'être tout près du bon dieu. On est très pieux, chez les maîtres de forges, et l'on aime à distribuer en récompense à ses plus loyaux serviteurs un avant-goût de la reconnaissance du Tout-Puissant. Une place de porion, un poste dans un bureau, c'est entre l'hostie et le vin de messe qu'on repère les ouvriers modèles. Certains vieux Ritals, militants et croyants à la fois, n'en peuvent mais. « Cattolichi falsi ! » C'est aussi comme ça qu'on se débarrasse des éléments trop subversifs, des syndicalistes : difficile de refuser une place de porion, même pour un rouge. Personne ne lui jette la pierre, quatre enfants..., mais combien de temps avant de former le prochain... Pour les patrons, toujours ça de gagné, succès proportionnel à la pugnacité du vaincu. Certains tiennent jusqu'au bout, jusqu'à la silicose, ou l'accident, sans ravaler le combat. Alors dans les réunions de famille, ce sont les disputes sans fin, éternellement recommencées, entre le transfuge et ses anciens camarades, ils ont beau se dire qu'il vaut mieux lui qu'un autre, pour donner les consignes, ça fait tout de même mal au ventre, qu'il se soit fait avoir, comme ça, pour une place. Tradittore.

Chez une jeune veuve de la veille, le porion arrive, coiffé de noir. Pour parler, comme il dit. Un bloc, encore une fois, avait écrasé le gars, mais celui-ci n'était pas mort sur le coup. Son visage était écrasé dans une flaque d'eau, peut-être que quelque chose était remonté dans sa gorge. Il était mort d'étouffement. Le porion venait de la part du directeur de la mine pour convaincre la veuve. Ne pas porter plainte. Ce n'était pas un accident du travail, vous comprenez, il est mort dans l'ambulance, il n'est pas mort à la mine. C'était le lendemain de sa mort, ou peut-être le soir même.

Le délégué vint la voir le lendemain, pour les condoléances des camarades. Elle lui raconta la visite de l'autre. Il était blême. Il lui parla de la CGT, de la solidarité des mineurs, que le syndicat allait tout prendre en main. Ce qu'il fit. Obtint une pension d'accident du travail pour la veuve. N'adressa plus la parole au porion.

Le mensonge déconcertant

Dimanche matin, huit heures, l'heure de partir à vélo pour la piscine de Luxembourg, ou l'heure de la balade en forêt quand il y a de la neige. Au retour, le bistrot du carrefour de la douane, c'est le rendez-vous dominical des camarades. Enfumé. Tous les mineurs la gauloise à la bouche. Cela autorise les médecins du travail à ne pas leur reconnaître un cancer du poumon comme maladie professionnelle. Depuis combien de temps fumez-vous ? Il y avait des auréoles sombres sur les radios de tous ces gars. Depuis que j'ai commencé à descendre à la mine, à quatorze ans, pourquoi vous ne me demandez pas depuis combien de temps je suis mineur ?

« C'est bizarre, la cigarette fait plus de morts chez nous qu'ailleurs. »

Les enfants s'installaient au flipper en attendant que le père ait fini le tour des camarades. Il fallait passer à chaque table, répondre aux questions sur le Parti, sur les élections. Après on partait sur le marché vendre *L'Huma Dimanche* avec le reste des troupes. Ça parlait, ça se défendait, argumentait, justifiait la ligne, les décisions parfois intenables que l'on avait combattues dans les réunions de cellule. Il se battait tous les jours pour faire changer le Parti de l'intérieur, mais à chaque échec, il fallait au-dehors défendre les positions officielles du Bureau politique devant les indécis.

Au sein de la cellule, la lutte était âpre mais inégale. C'étaient toujours les mêmes, les permanents, investis de l'autorité d'en haut, qui avaient le dernier mot. La contestation de la base ne remontait pas, ou presque. Il fallait choisir, être avec le Parti ou contre lui. Ne pas donner d'arguments aux ennemis du Parti. Les procès de Moscou avaient montré l'exemple.

– Des chacals, ce sont des chacals.

De qui parlait-il, sur ce lit d'hôpital. Des sectaires, ceux-là que, des années après, il osait enfin appeler des staliniens ? Des Marchais, de l'appareil, qui étaient les coupables ? Gorbatchev pris au piège, en otage, dans sa datcha et lui cloué là sur son lit d'hôpital, impuissant. Pour une fois il ne pouvait rien dire, il n'irait pas expliquer aux travailleurs ce qui s'était passé. Il n'irait plus justifier aucune ligne.

C'était pourtant la fin, la chute du communisme, la victoire de la liberté, l'émancipation de l'Europe, le grand réveil des nations. Les pays de l'Est tombaient les uns après les autres, avec une joie non feinte, et tout ça pour des bananes et des jeans, non, tout avait donc été faux depuis le départ, tout avait échoué. Il n'y avait pas d'explication, pas moyen de franchir ce fossé terrifiant entre l'idéal, viscéral, et les faits. La conviction faisait d'autant plus mal qu'elle était profonde, soudée à l'être comme un os. Il fallait aller chercher la faute aussi loin que la certitude était enfouie, et la culpabilité taraudait la moelle épinière comme une vis fichée à l'intérieur du corps. Les idées étaient bonnes, nobles, généreuses, mais que faire de tout ce gâchis ? Que faire de l'URSS, de la nomenklatura, des permanents du Parti, de l'invasion de la Hongrie, de Prague, l'Afghanistan, l'archipel du goulag, les procès de Moscou, les anarchistes catalans, le pacte de 39, Ceausescu, que faire des files d'attente, du caviar sous le manteau, de la Pologne et de l'Allemagne de l'Est ? C'est vrai on pouvait toujours comparer, aller se promener en Amérique du Sud, dans les villages indiens du Mexique, dans les bidonvilles de Haïti ou Rio, dans les bordels de Bangkok, toutes chasses gardées des États-Unis, mais ça ne consolait pas.

En face, dans le miroir de l'hôpital, il voyait l'image d'un homme qui avait lutté une vie entière pour des idées qu'on lui jetait maintenant au visage comme un fagot d'orties; ça lui brûlait la peau.

Il lui restait peu de chose, sa conscience, bien maigre pour qui a toujours tenu l'individualisme en horreur. La certitude d'avoir toujours défendu la démocratie, sans sectarisme, et combattu les privilèges. À preuve, les résultats des dernières municipales, qu'il n'avait pas remportées grâce à un parti unique. Et puis avoir travaillé, dur, et servi son pays plus souvent qu'à son tour. Au moins, grâce au Parti, des ouvriers avaient franchi les portes de l'Assemblée nationale, étaient devenus respectables, écoutés, non ? Le Parti avait surtout empli d'espoir la vie de tous les jours, là-haut. Il y avait quelque chose à faire pour l'avenir, on n'allait pas mourir au fond du trou d'une mine comme ça, ça servirait à la cause, on était des ouvriers, merde, il y avait de la fierté là-dedans. On bombait un peu le torse. On avait appris des choses ensemble, à s'unir, à analyser les événements, à ne pas prendre pour argent comptant ce que les autres disaient du monde. À se faire une idée. À l'École du Parti, on suivait des cours de philosophie politique, d'économie, d'histoire de l'art. Bien sûr, l'art prenait toujours le même sens, le sens de l'histoire, mais au moins on allait au musée.

Dans les MJC, les militants CGT avaient été licenciés par dizaines en décembre 68, pour subversion. On les avait accusés d'avoir servi de terreau aux émeutes de Mai, on avait massacré leurs crédits. Pourtant ils étaient élus, par le personnel. C'était comme à la mine, les gars élisaient librement des délégués, et ensuite ceux-là étaient punis, brimés, relégués au fond des galeries, seuls dans l'humidité et le noir. Qu'est-ce que ça voulait dire, la démocratie, dès lors qu'on cherchait toujours à piper les dés, par peur de l'expression du peuple. Si le peuple votait rouge, il savait ce qu'il faisait, non, alors comment légitimer cet acharnement. En Italie, ils avaient fait encore mieux, avec la mafia. Le PCI, le premier parti du pays, jamais au pouvoir. Les socialistes alliés à la démocratie chrétienne mafieuse, la mafia et les Brigades rouges infiltrées par la CIA, pour que jamais les rouges n'emportent le Capitole. L'URSS, finalement, cela les gênait moins que les communistes et les syndicalistes en France. La défense des droits de l'homme face aux violations soviétiques, elle ne servait pas aussi – hein ? – à certains pour défendre leurs privilèges face aux revendications populaires des rouges français ? Mme la baronne de quelque chose, en 1989, manteau de vison sur le dos et marteau à la main, sur le mur de Berlin, dégageant sa petite pierre, pour sans doute l'exposer dans ses salons. J'ai œuvré pour la liberté... Une revanche que, dans leurs rêves les plus fous, ils n'auraient jamais osé espérer...

Cette image hantait ses nuits. Il avait tout cela en travers de la gorge, qui l'étouffait, l'empêchait de respirer, avec son seul poumon, allongé dans ce lit d'hôpital. Il manquait d'air, son souffle s'emballait, il fallait qu'il se calme, qu'il se calme, il fallait qu'il respire, doucement, qu'il pense à son poumon valide, une deux, qui s'emplit d'air, et se vide, lentement, trois, et s'emplit à nouveau, une deux, avec un seul poumon, a une capacité supérieure à un être humain moyen, trois litres, c'est l'exercice physique, sans doute, le travail manuel, trois... Sa poitrine se soulevait et s'abaissait régulièrement à présent, calmement. Il faisait chaud dans la chambre d'hôpital, sa veste de pyjama bleue était ouverte, sa poitrine se soulevait posément, mais d'un seul côté.

Le Grand Soir

Depuis neuf ans, ils attendaient ce moment. À vingt heures, il n'y avait pas un bruit dans les cités. Une minute de silence et d'attente, posée sur le fil de l'éternité. Les visages étaient crispés, tordus par l'anxiété et l'espoir. On réprimait une inextinguible envie de hurler. La victoire de la gauche, c'était la fin du cauchemar. Ils avaient tous fait la campagne, collé des affiches à des heures impossibles, en boucle pour recouvrir celles collées par la droite. Mitterrand l'avait dit, on nationaliserait tout, les mines, la sidérurgie. Il était venu à Longwy, il avait parlé aux ouvriers. « Il n'y aura plus une fermeture de mine et d'usine en Lorraine. » La production repartirait, plus un emploi supprimé. Il était vingt heures une : « Regardez la tête du journaliste ! »

M. François Mitterrand est élu président de la République.

Une gigantesque clameur s'éleva de la cité. Une exclamation animale, incontrôlable. Cela tenait du soupir et des larmes. À la fois soulagement de la fin de l'incertitude et libération de trente ans de silence. La joie de savoir qu'on ne s'était pas trompé. Jusque-là, on y croyait seulement, oh ! c'est vrai qu'au fond, on en était sûr, de cette victoire, le nez, c'était dans l'air, on le sentait comme si on le reniflait, on se regardait en coin avec les copains sans vouloir y toucher, surtout ne pas en parler, pour ne pas rompre le charme, sait-on jamais, des fois que ça marche, là-dedans, ces histoires de bonne femme, enfin il fallait bien que ça arrive un jour, on en avait tellement rêvé, on en avait tellement besoin, on finissait par se persuader, mais c'était toujours demain, c'était toujours l'avenir qu'on imaginait radieux, tandis que là, voilà, aujourd'hui le 10 mai 1981, c'est aujourd'hui, maintenant il y a les faits, les chiffres, les pourcentages, la réalité ça vous saute à la gueule, vous vous pincez, ça hurle de tous les côtés, la réalité, vos yeux ne voient plus net, ils ne voient plus que des dizaines de paires d'yeux, mouillés, écarquillés, partout, qui se regardent en riant, des grandes bouches hilares, des gloussements, des couinements, des bouchons qui sautent. Les klaxons retentissent aux quatre coins de la ville, en même temps, comme si les gens avaient guetté dans leurs voitures la seconde fatidique où ils pourraient appuyer. La gauche était au pouvoir.

Ça y était, c'était fini. L'histoire avait remplacé l'espoir. La gauche avait gagné. La gauche était passée.

Deux enfants dansaient et sautaient dans la cour déserte de l'école primaire. Deux petites filles surprises et ravies par la joie de la cité. Personne ne les avait vues sortir. Elles ne comprenaient pas pourquoi c'était si surprenant que la gauche ait gagné. Elles vivaient au milieu de militants communistes, parfois socialistes. La droite, ça devait bien exister, puisqu'on en parlait, mais c'étaient les patrons, c'était loin. Il y avait donc de vraies gens qui ne votaient pas communiste ? Elles ne se posèrent pas longtemps la question. Qu'importe la raison, c'était un soir de fête. Elles se sentaient un peu ridicules, mais il fallait marquer le coup. Elles grimpèrent sur le mur de l'école, levèrent leurs visages vers la voûte constellée d'étoiles et crièrent du plus fort de leur souffle de huit ans : « On a gagné ! On a gagnééé ! »

Devant la télévision, un homme finissait son verre de champagne. Calmement.

Il n'était pas franchement hilare, mais certes pas mécontent non plus. Il regardait le profil de François Mitterrand.

Ne voulant passer ni pour un rabat-joie, ni pour un trouble-fête, encore moins un oiseau de mauvais augure, il avait tranquillement pris part à la liesse, le plus discrètement du monde, sans que sa subite grande tempérance pût être remarquée ni mal interprétée. Le Parti communiste s'affaiblissait depuis quelques années, au profit des socialistes. Le principal militant socialiste du coin était un copain, un vrai camarade même, mais chaque fois qu'ils se serraient la main, il ne pouvait s'empêcher, de son autre main, de faire du majeur et de l'auriculaire les cornes qui chassent le malocchio, et le baiser de Judas du grand frère socialiste... Un jour la petite, comme l'autre repartait après être passé à la maison discuter, politique comme toujours, l'avait salué d'un vibrant « salut grosse doudoune », qui les avait tous mis au quatrième dessous, non qu'une irrésistible envie d'éclater de rire ne les ait saisis, mais on venait déjà de vivre la rupture du programme commun... Enfin, au moins ce n'était pas un parachuté. C'était un ouvrier. Ils appartenaient désormais à la même majorité. Quant à la droite, elle était inexistante à Audun, au grand dam de certains vieux Lorrains qui auraient bien voulu remettre dans le droit chemin tous ces Macaronis. Mais depuis 1965, la mairie était rouge.

La dernière confirmation

L'évêque de Metz prenait une retraite bien méritée.

Un gaillard d'un mètre quatre-vingt-dix qui, pour sa dernière confirmation, avait décidé d'aller jouer les missionnaires dans un Pays-Haut qu'un siècle de déchristianisation ouvrière avait livré aux anticléricaux. En 1949, Pie XII, qui n'en était plus à cela près, les ayant sommés de choisir entre le communisme et la religion, à la grande frayeur de leurs épouses, beaucoup, bien qu'italiens, avaient préféré l'excommunication.

C'est donc en terre de scepticisme et de libre-pensée que l'évêque descendit de voiture en mai 1989, année de bicentenaire. Mgr Schmitt, homme facétieux, appréciait les symboles, et il ne lui déplaisait pas de provoquer l'ire des édiles régionaux, catholiques bon teint, qui le pressaient de toutes parts de les honorer de sa dernière bénédiction. L'évêché de Metz, il est vrai, cultivait jalousement sa tradition d'indépendance. Aussi accepta-t-il avec malice l'invitation lancée par la mairie communiste d'une paroisse isolée au nord de la région, coincée entre Luther et le Front populaire, aux confins de la Belgique, de l'Allemagne et du Luxembourg, à venir fêter la réfection des peintures et le déblocage de fonds pour une flèche absente depuis quatre-vingts ans.

À peine eut-il mis pied à terre que ce fut sur la jambe du premier magistrat de la commune, venu en écharpe tricolore l'accueillir à sa descente de voiture. Celui-ci ne put réprimer un outch! sonore et une grimace disgracieuse sous le faix du quintal de patriarche égrillard aussitôt immortalisé par le réactionnaire photographe du canard local. Pourtant, dès les premiers mots échangés, complicité ironique entre les deux hommes. Était-ce l'ancien enfant de chœur, premier communiant tiré à quatre épingles, qui resurgissait sous le masque de l'homme public, imaginant le sourire soulagé de sa mère : « Finalmente, Angelo! »...

Tout ce joli monde alla à la messe, conseil municipal compris. Dans les enterrements, on reconnaissait les communistes à ce qu'ils se saisissaient avec une vigueur martiale du goupillon, le faisaient passer d'un tour de bras dans leur dos et inclinaient leur front au-dessus du cercueil pour surtout ne pas laisser croire au moindre début d'ébauche de signe de croix. Du moins pour les plus âgés, qui avaient tous bouffé du catéchisme avant de bouffer du curé, et qui se souvenaient de Latran, de Pie XII et du goût de l'hostie. Les plus jeunes n'en avaient cure, plus désemparés que gênés par l'étrange objet oblong dans leurs mains.

Lors des cortèges funèbres, le grand jeu était ainsi de deviner qui était quoi et qui ne l'était pas. Certains étaient passés maîtres dans le maniement de goupillon, et, sans y jeter un regard, le faisaient virevolter entre leurs doigts comme une majorette son bâton, le saisissant de la main droite, il disparaissait dans la gauche, semblait être avalé par la manche mais non resurgissait, prêt pour le passage du relais, ah, là on était en terrain connu, un coup en haut, un coup en bas, maintenant à gauche, non, pas à droite, et pour finir un bon coup vigoureux du côté droit, parfait. Comment allait s'en sortir la prochaine postulante ? Elle se trompe, bien entendu, se prend pour un chef d'orchestre armé de sa baguette, et fait un grand tour, dans le sens des aiguilles d'une montre. À chacun son signe de croix, autant que de participants creusant en vain dans leurs souvenirs d'enfance pour en ressortir des bribes de catéchisme. Celui-là a trouvé un moyen œcuménique et pratique de s'en sortir, attrape d'une main leste le goupillon, le brandit fièrement au-dessus de son front, l'abat une seule fois vers l'avant, avec une mâle assurance, puis s'en retourne à son banc.

La curée

La IVe République française abolira
toute condition d'intérêts ou de privilèges
dont elle n'a que trop vu
comment elle la mettait en péril.
La Nation saura vouloir que ses richesses naturelles,
le travail et la technique, trois éléments
de la prospérité de tous, ne soient point exploités
au bénéfice de quelques-uns.
Charles de Gaulle

C'étaient toujours les mêmes qui trinquaient, pendant les guerres, qui se serraient la ceinture après, ou avant, et qu'on traitait ensuite de traîtres à la patrie. Les autres, toujours premiers à crier à la France en péril, au complot judéo, bolchevico, maçonnique, mais quand il fallait se battre, déguerpissaient, capitulaient, laissaient le pays aux Allemands, ou envoyaient le troufion se battre en Algérie. Ils avaient peur des ouvriers, des péquenots et des miséreux, mais tous ces propriétaires appréciaient que le prolo aille se faire tuer à leur place. Il y perdait moins qu'eux. Alors c'était l'union sacrée, la fin des classes, tous égaux devant les baïonnettes. Au final, c'était quand même à eux de négocier les traités, histoire d'éducation, de raffinement sans doute, et ça donnait Versailles. Le grand capital voulait récupérer sa mise, l'occupation de la Ruhr, ça arrangeait de Wendel. Encore en 40, ils négocieront ferme pour garder Briey, sa mine et ses usines, prêts à tout en échange, pour garder le fleuron de la dynastie patriarcale. La frontière passera juste à côté.

Dans les journaux aussi, toujours les mêmes dont on parlait, à croire qu'il n'y avait que les riches, les bien éduqués, les diplômés qui servaient à quelque chose, les autres se contentant de travailler, loin des paillettes, des dîners, de l'humour et de l'esprit. Mis à part les sportifs. Le sport, une histoire de classes. Pour les sportifs, respect absolu. Les intellos, après tout, c'est leur boulot, on leur a appris à poser les lettres comme ça et l'esprit derrière. Le talent n'a rien à voir là-dedans. Peut-être croient-ils sincèrement que les autres sont trop brutes pour aller au musée, à l'opéra, au concert... Les étudiants, drôles de bêtes étranges et improbables. Passent des heures devant des bouquins, sur des bancs durs – faire avancer le savoir. En même temps, ils la connaissent un peu, tout de même, toute la fumisterie, la grande entourloupe, que ce ne sont pas toujours les meilleurs qui ont les meilleures places, mais bon, ça fait du bien d'y croire. On leur a bien fait croire. Tout ça, l'égalité des chances, si tu n'y arrives pas c'est que t'as pas travaillé, alors forcément connaissent le mode d'emploi pour ne pas être obligés d'aller là où on ne les veut pas, suffit de ne plus rien faire. Ça évite les déceptions, et de tomber de trop haut une fois quittée la fac. Ça évite aussi de se sentir trahir, de se sentir partir, inexorablement, quitter ceux qui pour vous avant... votre vie, vos valeurs, votre loi. Quitter, partir, en sachant que jamais ailleurs véritablement accepté, qu'ailleurs tout cela, les manies, le langage, toujours ça sonnera faux, triste, obscène, ces leçons de politique de morale de civisme, de vie, jamais plus retrouver la familiarité de ceux qui eurent la même enfance, jamais plus non plus retrouver ces hommes-là, qu'on avait quittés quelques années plus tôt, croyant les laisser pour un instant seulement, le temps d'un banc d'école, le temps d'un tour de fac, et qu'on retrouve ensuite assis à la même table, n'en ayant pas bougé, tandis que le monde tourne, assis simplement un peu plus près des plus vieux, un peu plus semblables à leurs pères, tranquilles, mais vous ne les voyez plus comme avant, non, vous avez changé, et jamais plus, jamais, toute la vie ce regret de ne plus voir les vôtres avec vos yeux d'avant. Il faut pleurer pour ceux qui un jour sont partis.

Trois pièces

Dans les cités, il n'y avait que des Italiens et des Polonais. Dans toute la ville, on comptait sept Italiens pour deux Polonais et un Français. Mais les Français n'habitaient pas les cités, sauf les disgraziati qu'on ne pouvait pas mettre ailleurs. Les cités, c'étaient de petites maisons noires, collées les unes aux autres et flanquées d'un jardinet tout en longueur soigneusement délimité par une clôture en bois. À Homécourt, dans le quartier des baraques, les familles étaient simplement séparées par une cloison de bois. Du provisoire construit pour parer au plus pressé à l'arrivée des trains d'immigrés recrutés par des agences privées, à Cracovie ou Fabriano. Du provisoire qui dura cinquante ans.

Eux habitaient Villerupt, dans des cités d'urgence. L'appartement était minuscule, trois pièces posées l'une au-dessus de l'autre. Leur premier appartement de jeunes mariés. Après l'avoir quitté, des années plus tard, ils l'avaient surnommé « les trois pièces ». – Tu te rappelles les trois pièces... ? Et c'était invariablement l'évocation d'années maigres mais heureuses, d'hystérie familiale entre famille et belle-famille, toujours les uns chez les autres, d'aventures sans cesse renouvelées qui nourriraient la mythologie de la tribu et que l'on se repasserait, en boucle, comme un film un peu kitsch, un jour adoré, et que l'on regarde parce que rien n'a pu depuis provoquer la même émotion. Les trois pièces, c'était la jeunesse farfelue mais glorieuse. La jeune mariée, les deux enfants, et dans la journée, la compagnie des belles-sœurs, la brune, l'aînée, celle qui avait élevé toute la famille à la mort de la mère, petite fourmi sage, et la benjamine blonde, belle fille un peu loufoque. Elle avait débarqué un soir en chemise de nuit, échevelée, un œil poché par son mari jaloux. Il va me tuer ! Toute la famille immédiatement dressée sur ses ergots, viens, entre, tu vas rester ici, mange un peu de minestrone, *dai*. Tout le monde compatissait, mais, aussi, n'en voulait qu'à peine au mari, car elle était insupportable, exubérante avec sa voix criarde. Une heure plus tard, c'était lui qui frappait à la porte. Je sais qu'elle est là, ouvrez-moi, ou je défonce la porte. Tout le quartier était alerté. Les fenêtres s'ouvraient, des visages s'affichaient aux carreaux embués. C'était un beau gars, jeune, somme toute gentil. Il pleurait derrière la porte. Ils eurent pitié de lui. Allez, toi, tu te caches dans la cuisine pour ne pas qu'il te voie, et je vais lui parler. C'est le grand frère qui ouvrit. Je sais qu'elle est là, laisse-moi lui parler, dis-lui que je lui demande pardon, pardon. Je l'aime, tu sais, ta sœur, je l'aime, je ne veux pas la perdre. Il criait maintenant, je t'aime, Lili, pardon, je t'aime. Ils étaient tous rouges de honte, un homme, si expansif..., quel cirque, et les voisins... Soudain elle bondit, de derrière, personne ne l'ayant vue venir, brandissant dans sa main l'étrange objet contondant, un long bâton de bois d'environ un mètre qui servait à rouler la pâte pour que les lasagnes deviennent aussi fines qu'une dentelle, transparentes. Lorsque l'on avait le coup de main, la pâte s'étalait sur la planche de bois comme une nappe légère, régulière, et sans un trou, alors que pour les débutantes, c'était une charpie d'épaisseur inégale, déchiquetée de place en place, tout juste bonne à être raccommodée par des mains plus expertes. Le manganello. Elle le brandissait en hurlant, ah oui, tu m'aimes et tu me donnes un coup de poing, eh bien! qu'il prenne ça. Personne n'avait eu le temps de la retenir, ni sa sœur qui lui criait de s'arrêter, qu'elle allait le tuer, ni sa belle-sœur, de crainte d'un mauvais coup. Ça s'était abattu avec un bruit sourd sur la tête du mari transi, devant tous ceux qui n'en revenaient pas qu'elle soit allée jusqu'au bout.

L'homme étendu par terre sur le seuil. Il s'était écroulé comme un arbre, tout droit, et il fallait quand même bien faire quelque chose, il y avait du sang. Le lendemain, il était là de nouveau, évadé de l'hôpital. Quand elle ouvrit la porte, elle crut s'évanouir : une momie à tête bandée qui demandait à voir sa femme, « se no m'ammazzo ! » Il ne se tuera pas. Tombera deux ans plus tard d'une coursive au fond du haut fourneau.

Les discussions reprendront demain au marché, à même le trottoir, cabas rempli derrière le dos, airs importants, pouvant parfois s'étendre pendant une, deux heures, le temps pour d'autres de finir toutes leurs courses mais quoi, elles sont encore là, qu'est-ce qu'elles peuvent bien avoir à se raconter, et au sortir de la boulangerie quoi de neuf aujourd'hui oh rien que du vieux la routine. Les enfants trépignent déjà, celle-là ils la connaissent, elle ne lâchera pas le morceau comme ça. Vous ne savez pas ce qui est arrivé... Ça y est, c'est reparti, il va falloir attendre, debout sans rien faire, tirer la manche de sa mère, doucement d'abord, et puis de plus en plus fort, m'ma... L'autre en face fait semblant de ne rien voir, comme il est mignon, trop investie de sa mission civique et démocratique, faire circuler l'information. Tout un art aux règles non écrites mais immuables : hiérarchiser les événements, ménager ses effets, faire parfois passer l'essentiel, le vrai scoop, au détour d'une anecdote, mine de rien, avec l'air de ne pas y toucher, et s'attarder sur l'accessoire pour que l'autre, en face, n'en pouvant plus, en soit réduit à quémander, mais au fait..., à vous tirer les vers du nez, expiant sa curiosité, s'inclinant vaincu devant votre pouvoir sibyllin.

Le virage

Avant d'arriver à Audun, le plateau d'Hirps et ses corbeaux n'attiraient l'attention de l'automobiliste que par un virage dangereux, peu après le fort de la ligne Maginot en bordure de champ. C'était là que s'étaient tués quatre jeunes sortant de boîte de nuit, une journaliste, et beaucoup d'autres. Le titre du reportage vendu au rédacteur en chef était déjà trouvé. L'impossible mémoire ouvrière. Elle allait à Villerupt, pour le festival du Film italien. Les organisateurs étaient les anciens ouvriers, ou bien leurs fils et filles. Pâtes à tous les étages entre deux projections. Le dernier cinéma encore en activité avait été réquisitionné, mais aussi la mairie transformée en salle de projection et la MJC en QG des festivaliers. Temps de Toussaint. Ça ritalise dans tous les coins.

Depuis que l'usine a disparu, l'arrivée à Villerupt est moins coup de massue. Avant, au détour de la colline, ça surgissait d'un seul coup, sans vous demander votre accord, cette grande silhouette grise de Micheville. Et comme les cités s'entassaient sur les flancs de deux collines, toutes les maisons avaient vue directe sur les cheminées du laminoir. En été, pour payer leurs vacances, les jeunes allaient les nettoyer, accrochés au bout d'une corde. De l'autre côté du bois, à Audun, c'était jusqu'aux hauts fourneaux luxembourgeois de l'ARBED que s'envolaient les nuages. Pas de paix, partout de la tôle, la nuit des étincelles, des sifflements, des chocs. Désormais plus de calme. Permet d'oublier. Dans les années soixante, cinq cinémas et autant de salles de bal. Les filles donnent rendez-vous à l'entrée de la salle. Sortant du travail juste le temps de se changer enfourcher un vélo descendre des cités la grand-rue imbibé d'eau de toilette. Une scène érotique, tout un événement. Impossible à Villerupt. Peur d'être aperçu – voisin, collègue – on va jusqu'à Longwy, et là, dans la file d'attente, sous la pluie, le voisin le collègue le camarade sont là, tout Villerupt, en couple, bien habillé, les enfants confiés aux grand-mères, et tous se reconnaissent, rouges de honte, cherchant à justifier leur présence sous un rire gêné.

Au festival, le grand chapiteau, principale salle de projection, est dressé sur le site de Micheville débarrassé de ses oripeaux d'acier, à l'endroit où jadis le laminoir envoyait ses étincelles vers le ciel noir.

Libération

Viens dans mon pays
Viens voir où j'ai grandi
Tu comprendras pourquoi la violence et la mort
Sont tatouées sur mes bras comme tout ce décor.

Ne pas crier. Ne pas s'indigner. Prendre le temps de relire. Chasser ce goût nauséeux dans la bouche.
Dans le bassin de Longwy, entre racisme et misère

Son premier réflexe avait été d'écrire au journal,
« Forcément, ça devait finir dans la merde. »
Cela s'est passé
et finalement n'en avait rien fait,
le 20 novembre dernier, un peu plus bas dans la grande rue. Un policier de Longwy

avait laissé s'écouler lentement la colère. Cela ne servirait à rien. On n'avait jamais

raconte : « Il était 19 h 15. Deux gris [beurs, ndlr] sont entrés

raison contre le vent, contre l'histoire. Sa rage, c'était une

dans la pharmacie avec un flingue pendant qu'un Gaulois faisait le guet dans la voiture.

grande brassée d'air.

Le pharmacien a tiré. Un gris est mort. » Après avoir poursuivi ses assaillants dans la rue, puis servi un client, le pharmacien, Marc

De toute façon Longwy était mort depuis longtemps.

Kiffer, a prévenu le commissariat. Mis en examen, il a été laissé en liberté.

Le policier reprend :

Ce n'était plus qu'une question d'orgueil.

« Alors ils ont fait des manifestations, foutu le feu à la pharmacie.

Un journaliste était finalement arrivé dans cette ville,

À Mont-Saint-Martin, juste à côté, ça a pété chez le fleuriste.

avait remplacé l'autre.

Mais nous, on n'a même pas réagi, ni comme flics, ni comme citoyens.

Avait changé l'angle de son papier

La France qui est pour le pharmacien, où elle est ? »

pour cause de fait divers. Et puis le festival était fini.

Ici, « vivent des Français qui ont appris à baisser leur froc », dit Grégory. Son père est cadre syndical,

Avait passé une semaine à enquêter, visitant tous les cafés, attendant une réaction au crime raciste.

la gauche grand teint, droits de l'homme et mobilisation le dimanche. « Le racisme, c'est la violence qui me reste pour ne pas être complètement mort, dit encore Grégory.

Aucune réaction.

Tout le monde peut avoir une bonne raison d'en vouloir aux Arabes. Il suffit de la chercher. »

À peine quelques paroles pour condamner le crime. Le couperet était tombé. Les prolos de Longwy

Une société HLM a repris la gestion de la ZUP, pompeusement rebaptisée « le Val Saint-Martin ». Sans la sidérurgie et ses crédits, les loyers ont augmenté.

racistes ordinaires.

Syndicats et colonies de vacances ont été désossés au même rythme que les hauts fourneaux. « Maintenant, il y a un trou dans la vie », dit Alain.

(Cannes, bureau de vote de la Croisette, Front national 25 %).

Guy Ruffin tient la pharmacie depuis trente ans. Il connaît son petit monde et le regarde défiler par-dessus le comptoir. « J'ai échoué à mettre mes enfants au-dessus de moi ».

Longwy, les barbares.

Marc Kiffer, son collègue qui a dégainé à Réhon, est un copain de promotion. Même cinquantaine, même histoire. Il avait juste, en plus, un 357 magnum sous le comptoir.

Où étaient les trente, cinquante dernières années ? Aucune mobilisation organisée pour se révolter contre l'inimaginable.

« Je vote FN, quand même, pour Mégret.

Sauf quand le papier était sorti. Là, indignation, courriers, débat public au collège. Le journaliste était revenu, tout un après-midi, pour parler avec les jeunes. Ils ne comprenaient pas.

C'est un polytechnicien et il est de notre avis : Comme quoi, c'était pas si con ce qu'on disait. »

Ce n'était pas que ça Longwy. Quand même.

L'hôtel de ville a déménagé pour s'implanter au cœur de la cité, « dernier rempart contre la décomposition du tissu social », estime Alain Thiery, secrétaire général à la municipalité. « N'agissent que ceux qui ont une approche politique, généralement syndicaliste ou PC. Les autres, rien. Ils subissent. On ressent vite une forme d'impuissance, ici. »

Longwy Lorraine Cœur d'acier.

Sans un tract, le FN a fait 25 % au Val Saint-Martin.

Requiescat in pace.

Au nom de tous les morts. Personne n'avait donc décidé, un jour, l'arrêt de la production, délocalisation, personne n'avait proclamé que désormais, après un siècle de loyaux services, la minette lorraine, teneur en fer, 27-30 %, devait être remplacée par une jeunette brésilienne, suédoise, à 60-70 % ? Les chiffres, irréfutables, raides comme l'injustice. L'avenir n'était donc pas le fruit du passé, il n'y avait pas de responsable, pas de coupable ici, à cet assassinat ? Personne n'avait décidé, avant, bien avant, qu'il était si facile d'écouler l'acier lorrain que l'on n'avait pas à s'embarrasser d'industries de transformation ? Exploiter et vendre. Après nous les mouches. Personne n'avait imaginé remplacer des ouvriers rouges, solidaires, armés de leurs quelques droits arrachés de haute lutte – régime spécial de Sécurité sociale et deux seaux de charbon gratuit par famille par semaine – les remplacer par d'autres, là-bas en Amérique ou en Afrique du Sud, si loin, si pauvres... ? Tout ayant été pillé ici, partir ailleurs, ne laisser derrière soi que de la terre brûlée, par les déchets, par la chimie, par le souvenir. Ne laisser derrière soi que ces grandes cicatrices à vif dans le sol : trous béants, paysages défoncés, mémoire laminée. Et recommencer ailleurs, plus au sud, tant que là-bas ne gronde pas la foule. Diviser pour régner : faire croire à l'employé français qu'il vaut mieux – un peu plus cher – que l'Indien de Potosí, jadis (montagne transpercée de galeries, deux mille kilomètres, et des milliers, milliers de morts dans les boyaux d'argent) –, que le prolétaire des mines de soufre brésiliennes, aujourd'hui. Il est mieux loti, qu'il se taise, donc.

Les ouvriers avaient senti le danger. Têtes pensantes, même plongées dans le cambouis. Attachés à l'usine par des nœuds plus solides que la propriété : besoin de manger, sueur, sang, fierté, savoir-faire, politique. Comme des paysans à leur terre. Les ouvriers pour discuter de l'avenir de leur entreprise ? demain peut-être. Pour eux c'était trop tard. Rêve que ce ne soit pas pour rien. Que demain, ailleurs, fini la bureaucratie pyramidale, l'obéissance seule vertu, huit heures par jour. Fini le mépris apparatchik-costume-trois-pièces pour les étages inférieurs des tours de verre. Les décisions venues d'en haut, jargonnées d'un latin de marketing pour être mieux incomprises, les ordres grands patrons petits despotes, les admonestations, la morale hypocrite comme rempart du pouvoir.

Toujours la même histoire. Une épée en travers de son cœur.

Pardonnez-leur, ils ne savent pas ce qu'ils font.

C'est un peu plus bas, au creux d'un talus, qu'on a retrouvé « le gris touché par les deux balles mortelles du pharmacien », comme dit le policier. En retirant la cagoule, on a reconnu Bellaïd, dix-neuf ans, qui venait de s'installer deux rues plus haut avec sa famille. Il avait un travail et pas de casier.

Longwy envoyé spécial

Elle aurait voulu le voir, lui parler, lui expliquer, que ceux-là, ce n'étaient pas les vrais, que les vrais, ils étaient cachés, derrière, qu'ils ne sortaient plus, qu'ils avaient trop honte, que toute cette histoire les avait éreintés, fatigués. Que, eux, ils n'allaient plus voter, ou encore communiste, par fidélité dernière, en tout cas à gauche. Que ce n'étaient pas eux, les voix de la haine qui montaient de la ville. Que c'est parce qu'ils s'étaient tus que les autres avaient pris leur revanche, et que maintenant, ils se vengeaient sur les Arabes de ce qu'ils n'avaient pu faire à ceux d'avant, trop forts, trop solidaires. Elle aurait voulu retourner avec lui dans son pays, lui montrer Micheville, descendre avec lui à la mine, avant qu'il ne soit trop tard, avant qu'ils n'arrêtent l'exhaure et ne laissent les galeries s'inonder. Elle aurait voulu l'emmener, pour qu'il voie, et qu'il écrive tout cela, cette histoire, qu'il ne s'arrête pas en chemin, comme cela, sur la haine, qu'il creuse, il n'y avait pas que ça, il y avait l'amour avant, il y avait le travail, il y avait des années et des années de luttes, de vies, qu'il leur dise, aux autres, qu'il écrive encore, des pages et des pages, que tout cela ne soit pas mort pour rien. Lui, il pouvait, il pouvait leur rendre justice, à tous, ne pas s'arrêter en chemin. Ce n'était pas les mêmes. Elle le guiderait dans le dédale enfoui de leur mémoire à eux, et il comprendrait, elle en était sûre, et cela ferait partie de son histoire aussi, à lui, et cela deviendrait la mémoire commune, une fois écrite, il trouverait les mots, il saurait leur dire, avec leurs mots, aux autres, il saurait traduire, dans la langue de ceux qui ne l'auraient pas connu, ce qui là s'était passé, une pépite d'histoire toujours recommencée, il y aurait enfin justice, même justice de papier, aux yeux de tous, dans ses lignes à lui, soudain la reconnaissance, tout cela, personne ne l'avait encore écrit. Il l'écrirait, il comprendrait qu'il s'était arrêté en chemin, qu'il fallait aller plus loin, le temps que cela prendrait, elle le lui donnerait, elle lui apprendrait l'usine, lui ferait toucher la terre rouge, ferrifère, il mangerait avec eux les plats du dimanche, il rirait de leurs souvenirs. Lui, le journaliste parisien, elle l'emmènerait dans son pays.

« La tristesse durera toujours »

Il n'en pouvait plus de cet hôpital, où il croupissait depuis deux mois. Il voulait sortir, il voulait rentrer chez lui, à Audun. Les médecins le gavaient d'antibiotiques pour combattre le virus qui s'était introduit lors de l'opération. À cœur ouvert, les bras en croix, allongé sur la table, il avait cru entrevoir une lumière verte tout au bout de la nuit. Sur le torse, la cicatrice nouvelle ne se refermait pas. Son dos était balafré de haut en bas, du côté droit, à l'endroit où on lui avait enlevé un poumon, huit années plus tôt. Il disait que c'était trop pour un seul homme. Entre-temps, le Mur était tombé. Tout le pire avait été révélé, avéré. C'était plus qu'un idéal, c'était une vie, c'étaient mille vies, bafouées, réduites à néant. Comment continuer à être communiste après ça, après tout ce gâchis, et comment décider subitement de ne plus l'être, quand dans vos tripes, tout crie que votre combat à vous, en France, dans le Pays-Haut, était juste. Longwy Lorraine Cœur d'acier. Où trouver la force de se battre encore, simplement pour soi, pour sauver sa peau. L'énergie était partie ailleurs, dans des discussions de cellule, dans les meetings et les réunions, les manifs, les campagnes électorales, faire changer le Parti de l'intérieur, faire changer la société. En 1984, devant Matignon, ils étaient tous couchés par terre, les mineurs et les sidérurgistes de Lorraine, lui dans son écharpe tricolore. C'était la dernière marche, celle du désespoir. Ils étaient tous venus crier une dernière fois que la Lorraine vivra. D'Hayange, Forbach, de Moyeuvre, Longwy, Lorraine Cœur d'acier. Les CRS étaient prêts à charger, alors ils se sont tous allongés, sur le trottoir. Ils ont attendu que quelqu'un les entende. Une voiture est arrivée, un ministre, bloqué par les manifestants. Il est descendu. Charles Fiterman. Les a reconnus : – Qu'est-ce que tu fais là ? – Tu vois, on manifeste.

Les mines ont fermé les unes après les autres : Jœuf, Jarny, Tressange, Moyeuvre, Mairy-Mainville, Piennes... Audun-le-Tiche, exploitée par l'ARBED luxembourgeoise, fut la dernière mine de fer de Lorraine à poursuivre son activité. Une équipe de mineurs continue d'y descendre, pour un entretien minimal, avant que l'ordre de l'ordalie finale soit donné : inondez les galeries.

Au début du mois de septembre, ils le laissèrent rentrer chez lui, en convalescence.

La dose d'antibiotiques avait augmenté.

Une nuit, il fit une fois de plus le même rêve, son père, les camps de concentration. Il se réveilla en nage au milieu de la nuit, alla boire un verre d'eau.

À cinq heures du matin, il n'y eut plus rien, plus d'angoisse, plus de douleur, plus de doute, plus de cauchemars. Il avait fini de courir après le souvenir de son père, après le sourire de son père.

Son père qui portait un borsalino brun, comme lui. Son père mineur comme lui. Son père communiste, comme lui. Son père crucifié dans les camps. Son père italien, son père résistant, son père mort à quarante-six ans. Son père au visage oublié.

Personne ne parlait dans l'appartement. Il était là, couché dans le grand lit bleu, et personne autour de lui ne parlait. Il portait un costume sombre.

La mine Montrouge d'Audun-le-Tiche a été fermée le 31 juillet 1997. Ce fut la dernière mine de fer exploitée en Lorraine.

Ce volume a été composé
par Euronumérique
et achevé d'imprimer en août 2003
sur presse Cameron
dans les ateliers de
Bussière Camedan Imprimeries
à Saint-Amand-Montrond (Cher)
pour le compte des Éditions Stock
31, rue de Fleurus, 75006 Paris

Imprimé en France

Dépôt légal : septembre 2003
N° d'Édition : 36732. N° d'Impression : 033353/4.
54-02-5639/7
ISBN : 2-234-05639-X